Lao Jia

刘　汀◎著

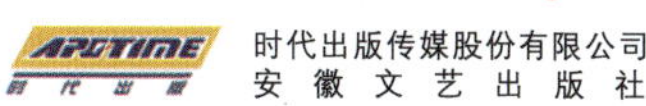
时代出版传媒股份有限公司
安徽文艺出版社

刘汀，小说家，诗人，出版有长篇小说《布克村信札》，散文集《浮生》《老家》《暖暖》，小说集《所有的风只向她们吹》《中国奇谭》《人生最焦虑的就是吃些什么》，诗集《我为这人间操碎了心》等。曾获百花文学奖、十月文学奖、丁玲文学奖、陈子昂诗歌奖等多种。

老家

Lao Jia

刘汀——著

时代出版传媒股份有限公司
安徽文艺出版社

图书在版编目（CIP）数据

老家/刘汀著.—合肥：安徽文艺出版社,2023.3
ISBN 978-7-5396-7393-6

Ⅰ. ①老… Ⅱ. ①刘… Ⅲ. ①散文集－中国－当代
Ⅳ. ①I267

中国版本图书馆 CIP 数据核字(2021)第 281443 号

出 版 人：姚　巍
责任编辑：张妍妍　姚　衎　　装帧设计：张诚鑫

出版发行：安徽文艺出版社　www.awpub.com
地　　址：合肥市翡翠路 1118 号　邮政编码：230071
营 销 部：(0551)63533889
印　　制：安徽联众印刷有限公司　(0551)65661327

开本：700×1000　1/16　印张：15.75　字数：180 千字
版次：2023 年 3 月第 1 版
印次：2023 年 3 月第 1 次印刷
定价：58.00 元

序　阴影里的微光

张清华

读完刘汀的文稿，已是深夜了。静谧总容易让人产生涟漪般的浮想，而刘汀的文字正是荡开这涟漪的石头。作者虽年轻，但文字如此厚实沉重，甚至可以说有几分沧桑。他笔下的人物与经历是那样充满质感和痛感，让人读之久久难以释怀。

历来，这种有关“老家”的故事在文学中都是颇常见的。鲁迅的故乡系列中的有关故乡的人与事的书写，便是新文学中叙事的典范了。《故乡》《风波》《社戏》，乃至《祝福》《孔乙己》诸篇，都是可以叫作“故乡系列”，或者“鲁镇往事”的。而且从文体的属性上说，也确乎很难分得清它们到底是小说还是散文——说是用了散文的笔法写出的小说，或是用了小说的笔调写成的散文，都未尝不可。这便是好文字的标记了。而今我读刘汀的文字，也有类似的感觉，尽管我知道它们是散文，却鲜明地感受到它们小说般的精细和质感——在笔法上是如此鲜活和细微，人物的描画是如此传神和生动，细节的描写是如此跃然和丰盈。

每个人都有记忆中的故乡，但我们思维中的常态却不是善于清理和叙述，而通常是关闭和遗忘。刘汀的文字似乎再次唤起了我们关于“老家”的记忆，帮我们完成了一次内心深处的返乡之旅，再次忆起了那些被淡忘的人物，那些渐行渐远的风俗，那些贫瘠或丰富的人事与场景、苦难与悲欣，特别是那些逝去的时光——从这个角度说，将它们当作一种诗意的文字，也是未尝不可的。

这让我在感到惊讶之余又颇为欣慰，作为一个“80后”的年轻的写作者，刘汀居然还有较为完整的乡村生活记忆，记着清寒的童年生活的一幕幕场景，这恐怕是同龄人中不多的。即便有类似出身的年轻人，也不一定会关注这些人与事，至少注意力是不会在这上面的。这足以表明刘汀是一个知道感恩的人，一个有自己真实记忆的人。而且在我看来，一个没有乡村记忆的写作者在某种程度上是有残缺的，不只是因为他缺乏有痛感的经验，更重要的是他可能会离自然和诗意更远，离一个有谱系的生命世界更远，更不要说有关“大地”的概念与想象了。刘汀，却让我依稀看到这些东西，在时下青年热衷的城市叙述与对幻感世界的描述中，刘汀确乎有更为珍贵的东西，显示了他独有的质朴与深远。

读他的文字，我首先为之感动的是人物。那些故乡的形形色色、三教九流，就活在字里行间，散发着他们的气息、体味，活动着他们的音容笑貌。他们中首先是多年挣扎在转正路程上的民办老师父亲的形象，以及对父子两代人生命的接续和错位的种种描写。父亲当年没有走入乡村权力的核心，也没有能够成为建筑商，也许是家庭贫困多年的原因，而历经四年的退学与复读的轮转，终于考上名牌大学的“我”，面对父亲及家族亲戚“学而优则仕”的期待，却选择了清淡的文学生活，然后不得不面对惨淡现实的挤压，个中滋味杂陈，真可谓难以言喻和想象。刘汀笔下的父亲，没有被美化得多么高大，而是保有了一个北方乡村汉子的本色，有他自己作为小农、作为小知识分子、作为父亲、作为一个底层的生存竞争者的全部真实，有他的父爱、权威和弱点。但他形象的真实与质朴、立体和感人，却让人读之难忘，似在眼前。

这个人物画卷中让人不能不挂怀的还有很多，最为悲苦的大概要数羊倌舅爷了。他少年时代作为祖母的“陪嫁”，随自己的姐姐从远方外地来到作者的故乡，一生未娶，到死都是个光棍儿。他孤苦伶仃也让人费解的一生，让人隐痛唏嘘。作者甚至写道，哪怕他这一生中有一点点艳遇，有那么一点点什么“非法”的情事，也会给他白纸般的一生添上一笔色彩。但他对世界和生活似乎早断了欲求和念想，已全然安于贫穷和孤寂的命运。作者怀着无限的悲悯，书写了他无人照料的晚年和业已死灭的灰心，几乎让人为之落泪。

刘汀笔下的人物似乎都是这样：真实、质朴、本色、善良，有种与生俱来的无法改变的小农观念与思想，小农缺陷与痼疾。敏感、固执而且“小性”的四叔，他因为脾气倔而丢了在矿上的工作，后来又由于瘠薄的农田无法养活全家，不得不再次求告矿主，选择了更为险重的工作。每日于黑暗的矿洞与飞扬的粉尘中讨生活，还养成了酗酒的恶习，身体随之日渐衰弱，而且膝下的儿女似乎也并不争气。但他的自尊和善良却从未改变，在“我”考上高中时，本十分艰难的他居然塞给了我二十元钱。某一天再见时，他变得无比憔悴苍老，但还是一定要与归乡的侄子促膝对饮一番，并且还惦记着有朝一日要还自己欠侄子的一千元——当年他考上大学时，自己因为手头拮据而没能给钱资助，至今还耿耿于怀……除了四叔，同样脾气倔却思想活络、擅长以特殊手段发点儿小财的、命也好得多的三叔，也给人留下了深刻的印象，他奇怪的道德说辞，常“顺一点”矿上或

“公家”的财物，但从不拿个人东西的小农心理，更具有某种文化的代表性。除此，他笔下让人过目难忘的人物还有很多：有着在江湖行走的传奇爷爷，性格与命运各异的二爷爷、三爷爷，还有能下神的二娘，心气高的小姑，东西邻家的叔伯婶娘、兄弟姐妹……他们也都有着种种传奇的、有意思的、令人哭笑不得的、匪夷所思的性格与经历，有着守财奴或败家子的，跳大神的或赤脚大仙的外号或秉性，让人读之如在眼前。

这些老家人物的悲欢离合与命运变迁，在刘汀笔下不只是单个儿的画像，而是悄然折射出了时代的变迁——假如这部小书有更多文学性意义的话，我想正是在这里。而且，这变化并非是“进步论”意义上的物质丰盈或观念的现代变化，而是一种充满颓圮感的、挽歌式的吟咏，成为正在全面消失的乡村世界的真实录影。对于这些无法随着时代前行的人来说，当儿女成为他们未来生活的“光亮”时，他们自己却永远成为无法走出历史和现实阴影的一群人。这也许是出身乡村、有着切身的体验与记忆的刘汀最真实的感受，是他对于现今乡村世界内部景象的真实叙写。

刘汀的文字不只是对人物的刻画充满了浓烈的乡情，对这片土地上的风物描绘也最为细腻。少年的往事渐成奢侈的回忆，那些童年难忘的风俗，年节的仪式，走亲串户的礼仪，乡人的交往习俗，剪纸、敬神、撒灯、撒仓房……这些儿时的记忆，都在他笔下活色生香地映现出来。不只如此，很多有趣的乡情故事、主人公曾顽劣斗狠的成长经历，比如吃到蒙古族人的牛奶煮面条的滋味、读书时因为饥饿而伪造饭票被抓的窘境……这些都有似鲁迅《故乡》中场景的再现，同时也融入了人世变迁，沧海桑田，旧时玩伴成陌路的唏嘘感叹，那里有平庸的欢乐和罪恶，周而复始的轮回与荒诞。读之同样让人有种种感慨与回味，心动与联想。

朴素而鲜活，真切而生动，这是这部作品给我的基本感受。刘汀的笔调已经十分老到和成熟，写人状物，从容不迫，不加雕饰而能够尽显其形，不做渲染而可以尽出其神，确乎让人欣悦和欢喜。情绪的平衡和总体的把握，使他能在朴实的笔致中，书写出人物一生的起伏跌宕和悲欢离合，写出他们的七情六欲和性格短长。在总体上，他把住了一个“低”和“真”：“低”使他得以将人物还原到他们的真实处境与命运之上；“真”使他写出了这些人物的活的弱点与性情，唯此才能令人信服。这不只是由其散文的文体所决定的，小说容许夸诞和虚构，而散文必须尽力客观和写真，同时它也是一种艺术原则和美学精神的体现——那就是要销蚀此类写作中易于出现的美化与小资情调的泛滥。刘汀做到了，而且做得很好。

但这并不妨碍刘汀才情与文笔的发挥，他在适合的地方也会抒情，虽然压抑得恰到好处，但也会不失时机地让其文字显出黑铁的质地与冷色的光彩。这是他关于四叔一篇结尾处的一番描写：

我的脑海里，一直印刻着他满身矿粉的瘦弱身躯，四叔站在家里破败的院墙前，衣衫单薄，艰涩地笑着，眼神里只剩下微微的一点光亮。我知道，就是这一点微光在支撑着他的整个人生。在我所熟识的老家人里，再没有谁像他那样，不断地被生活的重压所压榨，但又不断地努力调整身段，做出改变。他永远心怀希望，哪怕是在最困顿的时候，都没有表现出悲苦的情绪。这光芒虽然微弱，却从少年时就作为他的力量而存在。好吧，我似乎必须承认他是一个另类的强者，而弱者是我这样的人。我难受极了，真担心这一点光会被生活的狂风骤雨吹灭，或者光能持续亮着，而他的全部生命却被提前耗尽。我所能做的，大概就是下次回乡时，跟他坐在一起，好好喝一通酒，聊聊心里话，如果他愿意。

这不只是四叔的命运，也是整个乡村所面临的未来。从这个角度上说，刘汀所描述的老家的微光与疼痛，也是全中国乡村的微光与疼痛。他是用了自己最熟识的老家作为一个案例、一个标本来认识和叙述的，全文所要展示和引人思考的，却是时代本身。这是一个写作者应有的抱负，我要对这个意图和抱负给予毫无保留的赞赏。

2012年，刘汀作为一名博士生来北师大随我读书，之前他已是一个小具名气的80后作家，且在一家很好的出版社供职，已策划了很多好的图书。这几年中，他一边勉力读书、写作，一边为了生存而维持着原来的工作，可谓艰难而窘迫，但他还是坚持过来了，不只坚持，而且写出了一批有思考和有格调的作品，不只有小说，还有诗和散文。总之他是这样的充实而有收获，沉实而又充满信心。这让我欣喜，让我看到了一个好的作家隐隐出现的未来，一个让人可以期待的轮廓——尽管我清楚这道路还十分漫长，充满曲折和迷误。作为一个教书人，还有什么比这更让我欣喜的呢？

为人师者，要勉力而为好师，但又贵在不好为人师。我这篇序，少说也已拖了一年有余，除了忙，什么会让我一拖再拖，我自己也含混不清，大约是意在不想好为人师地指手画脚吧。其间刘汀也曾催问过，但他从来都说“不急”，我这样拖着，倒给了他再次沉淀和修改的机会。我知道这可能是谦辞，是出于做学生的无奈。但我也宁愿相信这是真实的想法，因为写作毕竟是个慢活儿，慢一些会更好，更有内涵的蕴藉，更有文字的味道。刘汀的“慢”是我喜欢的，唯其慢，会让他走得更好，更远些。

2015 年 1 月 30 日，北京清河居

目　录

下部·风物

上部·人物

父亲

从计划写老家的人与事之时，甚至更早，我就意识到自己定会专门写写父亲。从前的文章，只言片语地提到他，却没有实实在在地写。那时候，对父亲的生命有着某种回避，我从前不清楚为什么，现在明白了：在我能清晰自身之前，我不可能理解父亲。

在三十岁之前，在看到父亲灰白的头发和日渐苍老的面容之前，我一直以为他的生命仍有着许多美好的可能性，仍会经历我所不知的精彩。但每每等我回乡，第一眼看见他的身形和面容，这些想象中的可能和精彩，都变成了灰白色，淹没在长年累月的平淡之中。不管我是否情愿，年过半百的他，果真老了，还会越来越老。

前一段因事回乡，父亲在车站接我，我下车后有些为他的老态吃惊，才几个月没见，仿佛就有上千个日子把痕迹留在了他身上。透过父亲的影子，我看见老家又一代人的生命在被那儿的水土滋养之后，又被那儿的风雨侵蚀。家族里，爷爷辈只剩下二爷爷和二奶奶、三奶奶拖着病体（这一辈人现在已经彻底离去了），父辈里三叔老了，四叔也步向老年，而那个村子和村民的命运，却仍和许多年前一样，没有根本的改变，从长远的未来看，甚至更糟了。让我心里刺痛的感触是，父辈们老的不只是身体，还有灵魂。这些老灵魂，在日常生活的惯性挤压中缩得小小的，或者扩得散散的，不再如青年时那么精光四射，亦不再如中年时自信阔达，那是一种疲惫后的淡然，一种苦痛中的超脱。站在自己的中年，回想父亲的前半生，我看见两代人生命的接续和错位，接续处血脉流淌，错位处血肉模糊，犹如看见去年的谷子地里长出了豆子，而今年掉落的豆荚又在风雨中腐烂，孕育着明春的麦苗。庄稼一茬又一茬，人一代又一代，都一样，春秋无语。

还是说父亲吧。

乡村教师

父亲很少谈自己的少年事，仿佛他十八九岁之前的日子是一张白纸，那时候留至现在仅有的痕迹，是一张破旧的高中毕业证和一张穿着军装的黑白相片。毕业证上，父亲的名字依然清晰如刚刚写下，照片上，父亲的笑容天真，面孔清秀。对我的人生而言，父亲的人生仿佛就从这个时期开始。后来的故事被人们的语言补白，二十岁时，经人介绍，父亲和母亲结婚。二十岁他仍带着孩子般的稚气，母亲长他三岁。婚后一年，我出生，我和他成为父子。我八个月大时得了一场病，几乎死掉。姥姥回忆说，在镇上简陋的医院里，父亲总是不停地走来走去，或者瞪着大眼睛一夜一夜不睡，看着比病床上的我还要可怜和无助。我曾问过他当时的感受，时光太久远了，他记得并不深刻，只是说："你都要不行了。"两年后，弟弟出生，我和弟弟像一横一纵两个坐标，把他永远地定格在父亲的位置上。

婚后三四年，他成了村小学的民办教师。干了几个月，不想干了，觉得挣钱太少，每日看着一群孩子也无聊。那时候，四爷爷还是大队书记，跑到家里游说父亲。母亲炒了几个鸡蛋，切了一盘咸菜疙瘩，他们爷俩喝了大概半小桶散装白酒。四爷爷的目的只有一个，劝父亲继续在村里的小学教书。据父亲和叔叔们后来回忆，四爷爷当时的构想，并非只是让父亲继续当小学老师那么简单，他有自己的一套规划。四爷爷掌握着村里的行政大权，他希望在学校里也有一个可靠的子侄，甚至，他似乎也考虑过培养父亲当自己的接班人。但这只是似乎。多年村支书的经历，让四爷爷养成了独断专行的作风，他浸在乡村权力场里太多年岁了，以为世界上只有那一套规则才最行得通。在退休之前，他不允许任何人觊觎他腰里的村委会公章。父亲天性又是个性格和善、耳根子软的人，也干不了这活儿。于是，他并没有走上乡村干部之路，他甚至连党都没入。后来，四爷爷退下来，他年轻的助手成了一把手，迅速培植了自己的势力，一度让他后悔自己看错了人。现在，四爷爷的儿子，我的老叔，在和父亲及众兄弟谈话时总会带着遗憾的情绪说，当初四爷爷应该好好培养父亲，那样的话，现在村里还是我们老刘家掌权。

不知道四爷爷和父亲谈了什么，但起了作用，用现在的话说，父亲没 hold（坚持）住，大概也是酒喝多了，答应了下来。他也许没有想过，自己的这个决定，成了他一生的关键，从此他再也没有离开过讲台。其实，他当时并非没有其他选择，而且是种田之外的选择。当年他曾和一群村民搞过一支小建筑队，那还是三十多年前，起重机还远未成为中国的“国鸟”，建筑队刚刚从四面八方兴起，很有发展潜力。后来的年月，在为交不起学费而看到父亲犯愁吃苦的时候，我常常会想：如果父亲没教书，而是去做了建筑队，家里的状况肯定要好得多吧？我猜他也这么想过。当然，人生充满了种种可能，但只有一条路通向现在，它又是不可选择的。

民办教师的收入可想而知，每个月不到一百块钱，常常还要被以各种名目克扣。有一年期末，父亲从学校回来，母亲问他今年结了多少工资，他一脸无奈和悲伤：一分钱没挣到，算来算去，竟然还欠了学校两百多块钱。为这个，母亲许多次劝他放弃这个看起来永远也转不了正的工作。他没放弃，不是因为什么伟大的奉献精神，只是因为教了几年书之后，他已经不再能够适应艰苦的农活了，更重要的是，那时候永远有一个“苹果”挂在空中诱惑他——转正，如果有一天他真的能转正了，不仅每个月的工资可观，还在身份上成了国家的人。这也是我们一家人渴望的“苹果”。

或许，我要感谢这一点，正因为他做了教师，多少与单纯的农民有所不同，后来才会耗尽力气供我和弟弟读书。父亲为了教学，订过一段时间《小学生作文选》之类的刊物，它们成了我最早的文学启蒙。还有一段时间，父亲四处寻找武侠小说，聊以排解农村长而无聊的暗夜，而我却是这些书实际上的第一个读者。这种时候，母亲又显示出她对我们宽厚的爱，在其他人家，一个男人不但不种田，还要看闲书，一定会成为家庭矛盾的根源。母亲似乎天然地理解父亲的苦闷，或者，她本能地觉得这些书自有其价值，帮着父亲去搜罗。我记得清清楚楚，读初中放暑假时，母亲赶着驴车去乡里接我，顺便卖粮食。回家的途中，母亲把车停在一个旧书店门口，说：“给你爸买本小说看看。”那本书似乎叫《三杰八俊十二雄》，是一本武侠小说。拿到书的父亲很高兴。若干年来，每当回想起这一幕，我都对母亲心怀无限的感激、温暖和感动。

然而，这些书和书里的故事，并不能解日子的辛苦。父亲是一家之主，他承担着家庭的压力，读初中、高中时，每次回家要钱，都是父亲的屈辱日。他常常跑遍整个村子借一两百块钱，或借高利贷，承诺了秋后或者年前还。每到有村人来要债，父亲和母亲都显得极为不安，小心翼翼地诉说家里的困难，让人家再宽限些时日。更让我难过的是，他们还努力让我和弟弟觉得这没什么。从那时起，我已经深刻地感觉到了贫穷和它所带来的屈辱感，那感觉甚至会导向莫名的愤怒。后来再遇见这种时候，我会走掉，不听不看，假装不知道。我心想，儿子不在跟前，他们在债主面前或许会少一点内心的负担。

父亲也有过梦想，特别是摆脱贫穷、赢得尊敬的梦想。无奈他生在特殊的年代和穷乡僻壤，他们那代人，在农村没有任何出路，这种郁闷，让他年轻时经常醉酒。他会把偶然在路上遇见的村人拉回家，摆上咸菜就喝两盅，喝到有了醉意，就挥动着手臂诉说一些自己的英雄事迹。酒精成了消解内心苦闷的唯一良药，也渐渐成为损伤他健康的毒药。有一回，他醉酒后半夜骑自行车回来，掉在了沟里，把腿摔断了。父亲在炕上躺了好几个月，才重新站起来，但那条腿还是留下了老伤，阴天下雨就会酸疼。也许是这次伤病，让他彻底放弃了跟自我的抗争，接受了自己的命运。此后的父亲，清晰地看到了自己人生的全部轨迹和重心——供我和弟弟读书。

父亲还在为了转正而努力，他和一些同样情况的老师，三番五次到乡里的进修学校去学习，买回一堆资料来看。可实际上，在这样的农村，是没有真正的学习可言，他们不过是要营造出一种学习的气氛，以支撑自己继续教书，继续相信在一步步向那个目标迈进。然而后来他们真的陆续转正了，那时候，他已经作为民办教师干了快二十年了。不知是旗里还是乡里，给他们提供了机会，参加某种考试，合格后就有可能转正。那一段时间，母亲说他每天都认真学习，那是最后的机会，如果他把握不住，几十年的付出都将付诸东流。幸运的是，他赶上了末班车，终于成了一名正式的乡村教师。

转正后的父亲，有了稳定的工资，那时我读了大学，老弟已经工作，子女基本不再是负担，他似乎终于从一种长年的无望中解脱，感到生活的乐趣。年节时，家长们会请老师们吃吃饭，有一些当年教过的学生回村，也偶尔拎着东西到家里来看望父亲。

2008 年，父亲告诉我，村里的那间小学被合并，他被调到另一个村的学校去了。我从他平淡的语气里听出潜藏的伤感，却无法安慰他，我自己也陷在童年的学校被撤销的伤感中。从家里到他新任职的学校，有近十里路，途中要翻过一座小山。那时候，他有了一辆摩托车，便每天骑摩托车上下班。内蒙古北部的冬天，非常冷，风大，常有雪，但他只能这样上下班。这些年，每当我想起父亲，脑海里第一个画面，就是他骑着摩托车，艰难地行驶在暴风雪中的样子。

最好的秋天

1999 年的某个秋日，我和母亲赶着毛驴车从村子后面的玉米地里往回运玉米秸秆。我和母亲到家的时候，父亲正和四爷爷家的老叔坐在炕上喝酒，桌子上摆着一盘咸菜、两个酒盅。一桶散装的白酒已经下去了一半。窗户上的玻璃破了个大洞，塞着一团发黄的报纸，可还是有沙土稀稀拉拉地吹进来，落在他们面前的咸菜盘子里。

“风把玻璃吹坏了。”父亲说。然后他们接着喝。与以往不同的是，他们喝得那么理智而安静，慢声细语地谈话，我觉察出了这种不同。他们刚刚从林东回来，带回了我的第一张大学录取通知书，是内蒙古最差的学校中的一个。我看着那张纸有些厌恶，这和我想要的东西截然不同，截然不同！因此没有丝毫的兴奋。父亲和老叔在谈论着听来的有关这所学校的情况，做出种种不会实现的假设。在此之前，我和父亲有过口头约定，即使被这所学校录取，我也不会去读。他答应了，我带着他借来的钱，走进了复读班。

第二年秋天，我拿到了第二张录取通知书，是大连的一所学校，专业是会计。我内心仍拒绝去读这所大学，但是知道家里已经无力再承担复读的费用，只能带着父亲借来的高利贷去上学。一个月后，我带着被军训晒黑的皮肤回到了家里。我退学了，我不喜欢当会计，那所学校也让我感到压抑，它要求大学生上晚自习。但压倒我的最后一根稻草，是一个算盘，当班长把哗啦啦响着的算盘发到我手里时，我下定了决心，回去种田吧，我不要当什么劳什子会计。我宁可一辈子扛锄头，也不愿意一辈子打算盘，事实上，我是不甘心，我总觉得自己值一个更好的未来。

“爸，让我回去种地吧?”我在电话里哽咽地说。

父亲在那头沉默着。那时我们家里不可能装电话，村里唯一的电话在乡村医生家里，离我家差不多有半里地。每一次，我必须请求他们去找父母来接电话。我当时无暇想象父亲在村人面前听到儿子要放弃大学回家种田的感受，无暇想象他的沉默中隐藏着多少爱和无奈，我一门心思要回去，回去。

“你在那读得了，在哪儿不是读？”

“我不想念了，没意思。”

“那就回来吧。”父亲终于说。

我挂上了电话，抬起头看不到一个人，眼泪流下来，大连的秋风也很冷。

到家之后，父亲大概也了解我自己内心的压力，他没有任何责备，母亲一直说：“回来更好，可以帮着我干活，陪着我过日子。”我确实打算和他们一起在农村过一辈子了，可内心却仍埋藏着不得志的苦闷，于是就去拼命干活。冬天已经到了，风更大，我在大门外的粪坑里清理牛羊粪，这是要在春天做农田肥料的。我站在那里倒粪，一刻也不歇息，常常被灰尘迷了眼睛，用衣袖揉过之后继续干活。走过来一个村民，看到我惊奇地问：“你不是上大学了吗？怎么又回来了？”

“没意思。”我说。这是他永远都无法理解的事情。我后来才知道自己成了村里的谈资，甚至是笑柄，人们不会理解一个考上大学却不去读的人，他们会按照逻辑推理出：老刘家的这个孩子在外面惹事了，要不为啥回来呢？

一个月后，我重新回到学校。之前我找了四爷爷，让他给我介绍点活干，四爷爷提了一个，但母亲没有同意。最后，我不知是什么让父亲决定，再次送我去复读，做最后一搏。后来的许多时刻，我都会想起自己从大连打给他的那个关于退学的电话。我一遍一遍想象和体会着他的心情：接到口信，从小学骑着摩托车回村里，拿起电话，听见儿子在千里之外的决定。那应该是我最不孝的一件事，用自己的冲动，让他去承受所有的负担，即使现在的我证明了当时的决定是无比正确的，它也一样是儿子对父亲的残忍。

2001 年，在经过了第四次高考之后——还是在秋天，不过已经是另一个世纪了——我终于拿到了北京师范大学的录取通知书。从高中拿到通知书后，我坐着破旧的汽车回家，一路上心都跳得厉害。“妈。我想喝点酒。”刚下车我就说。母亲从我的表情和语气中猜到了好消息，但是她不敢轻易相信，直到我笑了一下，她才放心。我们顺便在商店买了几瓶啤酒回去，一家人坐在蚊子飞绕的灯下喝酒。“干了。”父亲说。我和他碰杯，喝干了酒。那是一种奇怪的气氛，似乎不是兴奋，而是如释重负。

父子之间

上大学之前，我和父亲的关系一直有些紧张，我们不可能谈心。在他面前，我始终保持自己无声的叛逆。乡下请人吃饭、喝酒，父亲喜欢把我或弟弟叫到酒桌旁，让我们给客人满酒，说些劝酒的话。有时候，父亲甚至让我们跪着满酒以显示诚意。我听从了一段时间之后，感觉无论如何接受不了这件事，我不愿意成为他的附属品。有一次，我把酒盅摔在地上，大喊："我再也不给人满酒了。"父亲有些尴尬，但并没有生气。我的反抗，也是因为对喝酒这件事本身的抵触，大概许多个儿子都体会过面对一个喝醉的父亲时的恐惧吧。父亲喝醉时，没有了平日的理智，会胡搅蛮缠，愤怒，将平日积压在心里的不快发泄出来。我不愿承受这怒气，更不愿母亲去承受。而且，我也一直讨厌乡村喝酒、劝酒的陋习。我已经无法获知我把酒盅摔掉时，父亲的内心感受，但从那儿之后，他再也不逼着我去满酒了，这活儿全落在了我弟弟头上。

我所能记得的，是他打过我两次。第一次，是上学前，我和爷爷奶奶住，有天晚上他喝得醉醺醺地过来，要检查我的习字本。我给他看了，他觉得我写的 2 无论如何也不像一只小鸭子，便给了我一耳光。他教我的时候说过：2 就像只小鸭子。我鼻子被打出了血，奶奶从外屋端来一盆凉水，让我蹲在地上洗鼻子。他瞪了一会儿眼睛，气鼓鼓地走了，什么也没说。我看见一滴滴血在水盆里散开，很茫然的感觉，既恨自己的愚笨，又疑惑他何以如此愤怒。另一次是四年级，他教我们班语文课，叫我起来读课文，我读得磕磕巴巴，他气急了，把我的语文书撕掉，让我在门口罚站。我站在门口时，看到一条小蛇从石头缝里钻出来，弯弯扭扭地爬到了旁边的草丛里。我当时想，你来咬我吧，咬我一口吧。如果我被蛇咬了，父亲就不会再觉得我丢了他的脸了。在别人面前，我是多想给他挣个面子。第二天，父亲给了我一本新的语文课本，这是他无声的道歉。

我有些怕父亲，很难理解他脾气为何这么大，但对于他打我，我当然一点也不会记恨。那时候的农村，谁不打孩子呢？我舅舅曾经把表弟挂在树上，用皮带抽。长大后，我想他应该是无比希望从我身上看到他的未来，看到这个家的未来。我真想给他争脸，读高中，终于有一次考了全年级第一，我在家里拿着成绩单不睡，等着很晚才回来的父亲。“爸，我考第一了。”我以为他会夸我，但他冷冷地说：“考一次有什么用？回回考第一才厉害呢。”我自知没那么厉害，赶紧钻到被子里去。后来，我常开玩笑和父亲提起这些事，母亲说：“你儿子记仇呢。”他就笑笑，说：“谁让他小时候不听话呢。”

在许多地方，我是他的延续，但这延续到了一定地步，必然会分裂开来，我们的人生，分裂成他的和我的两部分。或者说，我读书还不错，是他所希望的，但我选择的道路，却又和他设想的相左，他未曾强迫我遵从他的设想，但我仍能感觉到他淡淡的失望。每一次回家，父亲都会带着遗憾说一句："你入党了吗?"

我说："没。"

父亲很不理解，他说："入党了才有机会提干。"

"可我不想提干，更不想从政。"

这时候，父亲会带着点情绪说："你们这些臭文人，净假清高。"

其实何止是父亲，家族里的叔叔伯伯和哥哥们，喝完酒坐在炕头儿闲聊的时候，都会来一句："你不从政可惜了，念书念到这份儿上，就应该从政。"

"就是，当个乡长、县长什么的，我们也好沾沾光，咱们老刘家在这块儿就没人敢惹了。"

我会努力去解释我为什么不会选择他们希望的那条路，他们异口同声地说，你的想法不对，你还是太幼稚了。这是个无法争论的话题，我可以理解他们的不解，但他们难以明白我的选择。他们不会想到，正是因为读书，才让我知道了自己要过哪种生活。

像一些中国式父亲，他从不善于表达自己的情感。每一次回乡，母亲都会早早地在车站等，而父亲则在家门口不远处的拐角那儿站着；每次离家，母亲都亲自送我上车，而父亲则站在离车站不远的地方，和村人们说着闲话。他就是这样，永远不会走到你跟前，可总在不远处，总在不经意间让你觉察到他的目光在看着你。因为多年来写字养成的一种敏感，我渐渐学会从他的电话、短信里体会他的内心。给我发短信，他大多数时候用我的曾用名称呼我，问我吃饭没有，在做什么。但是偶尔，他的短信会这么写：儿子，干吗呢？看到这几个字，我心里总会一热，我知道，这几个字一定是带着父亲的温情发出来的，我珍惜着父子之间难得的柔和姿态。

2010 年时，他跟着几个村民去考驾照，考完试之后，他兴奋地给我发了个短信：儿子，老爸一次过了，哈哈。在我的印象里，这是他第一次自称“老爸”。在无声地对峙许多年后，父子之间终于站在了同一个高度上，我们谁也不需要仰视谁，谁也不需要管着谁，我们是两个我，或两个他。然而这代价是他老了，我已预见有一天他会变得和孩子一样脆弱，需要我成为他的依傍，犹如许多年前我需要他那样。这，就是父子之间的轮回吧。

前一阵，学校组织他们体检，他很不情愿去，我们不停地说他，他才去了。体检结果出来了，他成了“三高”人员，这几乎是可以预料到的情况。数十年的饮酒、吸烟，加上从年轻时的嗜肉，无肉不欢，和大多数北方人一样，爱吃咸菜，口重，都拉升了这三项指标的数据。为了他的身体，我劝他戒酒，少吃肉，可每一次劝诫又带着矛盾：我无法判断，让父亲喝酒吃肉享受日常的快乐和让他很痛苦地控制饮食以维护健康哪个更好。

三十岁后，我常会想象父亲的前半生，并假设自己就是他，来借以体会他走过的所有道路。路途遥远，且充满坎坷，自然也有着暖意和收获，像在田里埋下种子，期待它生根发芽，破土长叶，然后去施肥拔草，等待它成熟收割。我不知道自己的想象和他的生活有多少距离，但这些想象，帮助我去更深地走进他的心。

在文字里，我不该再隐瞒对他的感激与爱，那，就用写给父亲的一首诗，作为结尾吧。

父　亲

生活把全部重量给你
你却轻盈
一手夹烟一手端酒
这世人称颂的毒药
是你苦难的甘饴

在可数的日出中，我们
一起种田
把禾苗与杂草分开
一起读书
把词和词连起来
当你坐下休息
我的世界就完整了

时光的天平终将倾斜
我落向支点
而你滑去远方
父亲，我爱着你
我爱所有赋予意义的距离

舅爷

到死为止，舅爷都只是个光棍儿。

从我记事时起，舅爷就住在我们村。舅爷是奶奶的弟弟，老家在很远的地方，远到我童年时一直觉得那儿已经是另一个世界了。即使到现在，我也仍存着疑惑，他怎么会背井离乡，跟着奶奶一起嫁过来？据说，来到这儿后，舅爷再也没有回过家。

舅爷的大部分人生都在和羊打交道，他是我们村从业时间最长的羊倌，前后加起来差不多有二十年，而他去世时，也才五十几岁而已。在我的印象里，他始终是那个样子：高个子，面目黝黑，牙齿发黄，粗大的鼻子和嘴巴，说话时总带着一种嗡嗡声。这样的容貌，按说在农村来说也不算多么难看，何况那一副好身板是哪个过日子的女人都需要的，可舅爷一辈子没正经恋爱过，更没结过婚，孤老一生。我的记忆里，他也相过几次亲，最后都因为穷困或其他原因而不了了之。在乡村，结婚是为了过日子，过日子不图好看，图的是家底厚不厚，饭碗里的米、面足不足。

但写这篇文章之前，我打电话给母亲确认这件事，她和三叔说，舅爷从未相过亲。这不只提醒我记忆之不可靠，还使我对他的慨叹更深一层：舅爷连恋爱、组建家庭的可能性都没有过。

在他老家，舅爷不是没有亲戚，他还有一个亲哥哥，只是十几年间都很少走动。奶奶过世早，我无缘问她舅爷跟着她来的原因，而其他家人，似乎并不怎么关心这原因，他来的初衷，也就成了一个谜。我七八岁的时候，不知是怎样的机缘，他老家那边来人了，是舅爷的一个堂弟，排行老四，我们称之为四舅爷的人。四舅爷是一个“老客”，也就是倒卖各种东西的行走商人，他来我们村，是七拐八拐地知道村口有一片上好的林子，过来收购木材的。成千上万手臂粗的檩子被砍倒，从林子里被拉到舅爷的小院里垒成垛，满院子都是清苦的树皮味。

四舅爷放了话，雇人剥树皮，五分钱一棵树。全家老少都上了阵，加上村里的其他人家，差不多有五六十号，在舅爷的院子里一条一条地往下扯树皮，小孩子拿着镰刀往下刮。那一段日子，应该是舅爷舒畅的时候，卷根旱烟，叼在嘴里，抱着膀子，立院子当中，吆喝孩子不要乱跑。但好景不长，树皮剥完了，四舅爷跟着装木头的大车走后，舅爷像破了洞的气球，整个人都消沉下来。他又回到了从白天到黑夜一个人的日子。

我想，他是想家了。他只身到这儿来，没有户口也没有土地，是一个外人。最开始，他住在奶奶家的一个小仓房里，但后来随着家里人口渐渐增多，他就被挤了出去。那一段，舅爷处在人人嫌弃的地位，大家不理解，一个正当壮年的汉子，何以每天憋屈在山沟沟中，不出去闯荡闯荡，也不去打工赚钱。除了农忙时帮家里干点活，他大部分时间，都抱着膀子，东家西家串，没有一件正经事可做。终有一天，舅爷经不住奶奶日日夜夜的唠叨和家里人的冷言冷语，跟着村里人出去打工，去处也不外东北一些城市的建筑工地，筛沙子，和水泥，也没有学会半点真正的技艺。前后也就两年的样子，他回来，然后开始放羊，这也成了他终身的职业。因为做羊倌，十里八乡的村子，他待过很多，有时候在这村干一年，有时又在那村干一年。我记不清，家里人也记不清他哪一年回到本村，之后再也没离开过，一直到去世。

如果把舅爷当作一个参照物，我常常会感到时间并不守恒，因为他的离开和归来，似乎都是突然间，而这两个突然间的空隙，很可能隔着无数个难以复述的日子。舅爷的身影，是对时间流逝的提醒，而他始终毫无改变亦毫无波澜的生活状态，却又质疑了时间。现在回想起来，不只在这个村子，即使在我们小小的家族里，他也是个边缘人。我不记得他出去打工的那些年，有谁提起过他，有谁给他去过信。在春耕秋收、柴米油盐的节奏中，这个人似乎并未存在过。后来，他回来了，身无分文，不管谁问他，他都不吐露自己是否赚到了钱，如果赚到了，钱怎么会一分不剩。他抄起了鞭子，放羊。

在我家前面几十米，有一块空地，叔叔们在西边的荒地上脱了几千块黄土坯，晒干后运回村里，给舅爷盖了两间土坯房。大概就从这时候开始，舅爷才算真正进入了村里的生活秩序。那时候，四爷爷还是大队书记，舅爷分到了几亩薄田。又经过许多次的转、换，他的几亩地集中在了我们的田地附近。舅爷不会种地，也不愿意种地，把地给三叔种，到秋后，三叔供给他一年的吃粮，外加些费用。无论如何，舅爷至少锅里有了米，再不致饿肚子，而他放羊总还能收到现钱，尽管风吹日晒，可光杆一个的日子，还是好对付的。

不知为何，这栋新盖起的小房，两年之后就变得很破旧。窗户没有玻璃，是用塑料布封着的，但很快就露出许多大大小小的洞。屋檐上的木桩缝隙，有鸟雀和燕子做了窝，把白色和灰色的大便拉在上面，风吹日晒之后，看上去就有了日月侵蚀的意思。门上一把生锈铁将军，有时候锁着，有时候没锁。我同一些孩子便经常趁没锁的时候钻进去，胡乱翻他家里有没有好吃的好玩的。这种期望，很少得到过满足，那儿什么都没有。锅灶立在七八平方米的外屋，墙角堆着一堆他放羊时从山上捡来的柴火。泥抹的锅台因为刷锅水的一次次蚕食，已经坑坑洼洼，锅台上摆着两个铝盆，旁边是菜刀、案板和一副碗筷，锅里常常有厚厚的一层小米锅巴，已经干裂到卷起了边。整个外屋的墙壁和顶棚都是黑色的，他的灶不好烧，每次做饭都烟熏火燎的，天长日久，外屋就像一眼黝黑的窑。

放羊回来，把各家的羊赶回去，天已经黑透了，他再一个人生火做饭。偶尔，家里蒸了馒头或豆包类的干粮，母亲会让我们叫舅爷来家吃，他总是歪着脖子说不去，似乎很生气的样子。我们回去回话，母亲就说不吃拉倒，但饭后还是会让我们把干粮给他送一些。我们走进阴暗的屋子，舅爷端坐在土炕上，面前摆着桌子，桌上有一些咸菜，看我们进来，又是很不高兴地说：“怎么才来，我都等半天了。”

他开始大口大口地吃饭，舅爷的饭量实在惊人，他一顿能吃七八个馒头。他几乎很少吃菜，连咸菜也不吃，常常是往一大碗小米干饭里泡些盐水，捧在手里呼哧呼哧地吸进去。有一年中秋节的中午，我们刚吃完午饭，舅爷突然笑眯眯地进了屋，从怀中掏出两块月饼给我和弟弟。母亲拦着说：“我们买了，你自己吃。”舅爷说：“吃够了，这回吃够了，我买了四斤月饼，一口气吃了三斤半，实在吃不动了，这俩给他们吃。”舅爷依旧抱起膀子，咧着嘴似笑非笑，看着我们啃食月饼，眼神里有一种温情。当时的我们，并不懂这眼神里的含义，只是觉得月饼好吃，只是羡慕他一个人可以吃三斤半月饼的奢侈。

九几年的时候，村里面的羊突然多起来，羊毛、羊绒和羊肉也比从前更值钱，羊倌的放羊钱也水涨船高。那两年大概是舅爷生活最滋润的日子，他甚至找电工，从外面的电线上拉了一根线，给自己的小屋接了一盏十五瓦的电灯。没有月亮的夜晚，我们从奶奶家回去，就会看见从前那扇黑洞洞的窗户有了光亮，隔着塑料布，有一个人影坐在那儿。舅爷还买了一台黑白电视机，但抱回去后却没有人影，一片雪花，立得很高的天线杆围着小房子摆了个遍，也只是雪花。一群孩子跑过去看电视，看了一会儿屏幕上的雪花，听了一会儿哗哗声，就厌了，四散而去。可舅爷竟然能大半宿大半宿地盯着雪花看，好像他能从那儿看出天线接收不到的故事一样。几天后，他把电视退了回去，换了一台小收音机，又开始每天转着按钮调台。

牛羊越来越多，他的收入却越来越少，许多人家的羊群过百之后，感到雇一个羊倌太亏了，便两三家合伙，一家一天自己放羊。舅爷羊群里的羊少了多半，从五六百只下降到两百多只，收入自然减少。很快，那根从空中横拉出来的电线，因为没交电费又被收了回去，那栋越发破败的孤独的小屋，重归黑暗和荒寂。

第二年的大年初一，我们去给他拜年，敲了半天门才开，舅爷穿着他的大黑棉袄，眼角带着厚厚的眵目糊，是被吵醒的。“过年好，舅爷。”我们喊。“啊，上屋里吧。”他说。他的屋里冷极了，似乎好几天都没有生过火，我看见土炕上堆着两床露出棉絮的被子，为了御寒，他把所有能盖的都盖上了。炕的另一边，盆里有一坨冻僵的黑面团，另一个盆里是冻着冰碴的碎酸菜，看不到一点肉星儿；一个盖帘儿，放着十几个饺子。我们觉得自己身上新做的衣裳，和屋子里的气氛很不匹配，扭扭捏捏着转身要走。“等一下。”舅爷叫住我们，然后从炕席底下摸出一把钥匙，打开炕尾的一个小箱子，手在里面摸了半天，掏出一把块儿糖，给每个小孩两块，自己也剥开一块丢进嘴里，说：“吃吧，可甜了。”说完又钻进被窝里，却没睡，眼睛盯着房顶。我们觉得无聊，赶紧出来。大街上，满是红红绿绿互相串门拜年的人，大家递着烟，说着祝福的吉祥话，偶尔有爆竹声从某家院子或小孩子的脚边响起，在空旷干冷的天空里灰飞烟灭。走出他的院子时，我心里酸酸的，虽年幼并不晓得这酸楚所来何处，只是觉得舅爷同所有人都不同，尤其是在整个世界都团圆热闹的氛围里。

这天中午，我又去给他送一盆热好的杀猪菜，还有别的东西，看见舅爷把屋子收拾了一下，蹲在灶坑边上，捧着大碗喝一种白色的颗粒状的流质食物。我不知是什么，闻起来有一股豆子的香味。我眼巴巴地看着他，他停下来，说："喝一口！"我喝了一口，哪里是什么奇特的美食，是磨豆腐剩下的豆腐渣。我恍然记起，年前磨豆腐时，舅爷拎着一个尼龙袋子把三叔、四叔和我家的豆腐渣都要去了一些。这些东西，一般是用来喂猪的。舅爷接过自己的碗，哧溜哧溜喝了两大口，说："好吃，我放了白糖，没吃过吧？这叫雪花粥。"没错，浆水里的豆腐渣雪白，漂浮，的确很像雪花。应该是从那一刻起，我幼小而单纯的内心第一次感觉到了悲凉，虽然那时我还不知道这个词，也不知道它究竟是一种怎样的情感，我只是觉得难过极了，舅爷可怜极了。

但是等到现在，我自己做了成年人，且渐渐亲历生活的艰辛，才明白对舅爷的一生来说，缺衣少食、天寒地冻都不是难熬的，他最大的痛苦应该是孤独，不，还是换一种农村的说法吧——空落落。他最大的痛苦是没有尽头地面对自己心里的空落，就好像整个胸腔，一直等着被填满。白天，他赶着羊群走到山里去，那儿什么都没有，纯正的荒山野岭，从日出到日落，一年三百六十五个日子，天天如此。一个人几十年如一日地面对一无所有，该是一种多么沉重的空落落啊。他只是一个普通人，不知道什么大自然的美，更不会了解所谓一个人的宁静，他所能感觉到的，同其他所有平凡人感觉到的一样，是空虚寂寞，是想有个伴儿，是想找个知冷知热的人一起过活。有一年，村里的另外一个老光棍儿结婚了，娶了一个讨饭的妇女，带着两个孩子。有人鼓动舅爷，也娶个二婚的凑合过算了，他却不干。“我可不想拼死拼活去养别人的孩子。”他有点生气，觉得自己应该永远到不了那个地步。此后，再无人张罗给他找媳妇，他自己也从来不提。久而久之，不管他自己是否习惯和愿意，周围的人已经习惯了他一个人生活。

念及他打工回来时身无分文的谜团，我曾天真地想象，舅爷出去打工的那几年曾遇见过一个女人，他和这个女人产生了感情，甚至是爱情，并且有过同床共枕的缘分，但是由于种种原因，他们分开了，舅爷把所有的积蓄给了女人。从内心深处，我希望他有过这样的一段人生，如果这是真的，他在空旷的山野里，在又黑又冷的小屋里，至少还有记忆做伴儿。假如人死后有灵魂，我不知道舅爷是否愿意接受我的这种设想。我深知这种想象，对于他而言太过浪漫和传奇。

这像一篇小说的情节，然而，相比较他一辈子循规蹈矩所走过的刻板的正途，我宁愿他有一段这个版本的人生，其中，或许有短暂的恐惧和屈辱，但对这样一个孤独的生命来说，它是值得的，伴随短暂的恐惧和屈辱，他却从其他方面获得了完整，哪怕仅仅只是形式上的。

我不知道舅爷是哪一天死的，只是仿佛某一次放假回家，他那栋破旧的小房子换了主人。有人家买下了它，推倒，重新盖起砖房，垒高院墙，开辟菜园子，打下水井，又一户普普通通的农家院就此诞生。舅爷没了，他存在的痕迹也没了，彻底从这个世界上消失。因为不属于家族的人，他的坟不能进祖坟，只能找一处偏远的山坡埋掉。和家里人聊起他的死，他们都说舅爷是死于哮喘。我确实清楚地记得，上点儿年纪后，他总是大口大口地喘气，使出浑身的劲儿，弓着腰咳嗽，气流嘶嘶地划过他的气管，脸红眼凸了一会儿，终于咳上来了，恨恨地往地上吐一口浓痰。本就肺不好，有一段他还抽起了旱烟，何况他的日子常常与自然界的寒来暑往交错，身体很多地方早就糟透了。他的哮喘病很重，从没看过医生，也几乎不吃药。“没用，那玩意儿都没用，糊弄钱的。”这是他对药物的看法，根深蒂固，他当然知道药有药的效用，可更觉得，忍受痛苦要比花几块钱要合算得多。他死了，我不觉得是死于身体上的病。他这一辈子，当得上“孤苦伶仃”四个字，我无法想象在他离去的那一天晚上，躺在破旧的、满是土味和烟味以及腐烂的衣服味的炕上，舅爷想过什么；我也无法想象他是否流过眼泪，是否伤过心；我甚至无法想象他作为一个人该有怎样的悲欢离合……也许他问过自己：我要死了，我这一辈子活得真窝囊，真憋屈，我要死了，没儿没女，埋不进祖坟……

在后来的岁月里，如果我不问起，家里人很少会想起他，只是每次过年过节的时候，父亲和叔叔们仍记得骑摩托车翻山越岭，到他的坟前，捡一根树枝，围着坟头画一个院子，然后跪下烧几张纸，嘴里念念叨叨："过年啦，老舅，出来使钱来吧！小鬼要你就给他点儿，老舅，出来使钱来吧！"会有一阵风把燃成灰烬的纸钱吹起来，盘旋在空中，然后四分五散，仿佛真的就到了另一个世界。这些山头，他放羊时无数次经过，窝在山根晒过太阳，没想到如今还是孤零零地埋在这儿。

他永远一个人面对着此起彼伏的群山和旷野，无论生前还是死后。

我没有正面问过家里人到底如何看待舅爷，其实也无须问，在农村，一切都有它的规矩，人们只是无意识地按着那传了许多年的潜在规矩活着。不论是人，还是猪狗牛羊鸡，都按照固定的节奏出生和死亡。出生时由衷地欢喜，死亡时真切地悲痛，但在生与死之间漫长或短暂的路上，他们总是一种惯性的漠然，但并非冷酷消极，种田收割，吃饭睡觉，婚丧嫁娶，这是千百年来形成的最有效的循环。说到底，舅爷只不过是这绵延无尽的序列中的一粒小小的尘埃，生也是卑微，死也是卑微。

舅爷的人生，在若干年前已然不可更改，但我今天写他，试图重塑他时，仍感到莫名的悲痛，悲痛于他一生的绝大部分时间，都一个人生活在这个几十亿人的星球上。何况，我越来越感到，他所面对的那些孤独，那些空落落，多多少少也是我们终将要面对的。

四叔

2011年8月份，休了几天假。本来想和老婆一起，去丽江转转，补上欠了她好几年的结婚旅行，但后来畏那边的天热人多，也心疼来回的机票钱，何况那时我已深知，工作的疲惫是难以用这种旅行来消除的。犹犹豫豫之间终于决定，还是回老家吧。父母在，不远游。

工作后，回家成了一种奢侈，不再像读书时每年有固定的寒假暑假，可以坐着半价票的绿皮火车回去，在家能待近一个月。现在不同了，七凑八凑的假期加起来也不超过半个月，因而每次回去，大多数时间都只窝在家里，帮母亲垒一垒被雨水泡塌的墙，去山上采几袋子草药，或者就在厢房里夏天才搭起的床上，闲看几本书。于我，这其实是很好的休息。

我很少串门，以至于有时回了一次家，亲戚邻居也并不知晓，下一次见到，就感慨我一年未回乡了。但无论如何，大概总要到四叔、三叔家去走一圈。走一圈，其实无话可说，无非是重复了几十年的那些问题和答案：

回来啦？

回了。

啥时候到的？

昨天晚上。

在家能待几天？

五六天吧。

这么短呀，咋不多待几天？

有事，不回去不行。

逢着一个人，也就是这话再说一遍，幸好我并不觉得枯燥和烦琐，反而觉得这一问一答之间，时间跳跃，而原味的生活气息充溢，有一种平淡安静的好。等我一踏上回京的车，就立刻会有浓重的离别感袭来，这离别感，不只是因为再一次的离开，更因为无法设想自己在这村中究竟算作什么样的人，好像仍是那么亲近，可又似乎隔着两种人生时空的陌生。因而我最讨厌从家里到北京的一路。

这一年的回乡，我也只是这么在家里待着，享受着和鸡狗般闲来觅食、无事打盹一样的安静，甚至，连稍远一点的四叔家也没有去过。

直到有一天，四叔家的小弟到我家，说四叔晓得我们回来了，要请我和老婆吃饭。每次回来，三叔、四叔都会叫我们去家里吃顿饭，显示着尊重和亲近，这成了习惯。我们说不去了，在家里吃就成，四叔四婶也还有自己的活儿，就不去麻烦了。我知道，四叔在山后的铁矿上打工，是要按时上下班的。小弟坚持了几次，我们也坚持了几次，他也就回去了。但是下午的时候，小弟又来了，告诉我们，四婶在做菜，四叔从矿上特意打电话回家，意思是一定让我们过去。这许多年来，我深知他的脾气，只好答应，说那就过去吧，其实心里也没有什么喜欢，只是不好推却了他们的一番好意。

早就知道四叔在后山的矿上做活儿，三叔也在那儿，他们工种不同。最初，四叔在矿上的活儿也不错，可是他和工头吵了一架，心里头不忿，说“把今天的工资给我结了，我不干了”，就不干了。在家闲了一段时间，他手头紧起来，再想去，人家不愿意招他，觉得事儿多麻烦。然而一向活络的三叔在矿上很混得开，干有些技术含量的活儿，又似乎父亲和三叔商量过了，觉得四叔还是在矿上干得好，工资稳定，农忙时还顾得上家里的庄稼。三叔托了人，父亲和四叔做了交代，他就又到矿上去了，然而这回只是做苦力，干最累最脏的活儿。他倒也没话说，每天骑着二手摩托，冒着烟去上班。

我并不知道，他的工作究竟是什么。

那天傍晚，我和老婆刚一走进四叔家院子，三只毛色暗淡、面目丑陋的小狗叫着围上来，小弟吆喝着它们躲开。我很惊诧，不知道对于粮食远未充足到随意挥霍的四叔家，何以养了这么多无用的小动物。后来四婶说，家里有一条大一点的狗，下了狗崽子，丑，没人要，只能自己留着。

也不能把它们扔了啊，她讲。

我说嗯。

那几条狗又凑了上来，摇着尾巴，狗脸上的毛甚至遮住了它们的眼睛。我没什么吃的给，它们在脚边蹭了几下，又去追逐院子里的几只鸡去了。我打量了一下这院子，二十几年前，我几乎每日都在这里，有几垛土墙，也仍然是那时候的。四叔成家后，把院落进行了改造，说是请风水先生看过了，原来的大门位置不好，留不住财，向东移了几米，整个前院的格局也就变了。

四婶一边拾掇着晚饭，一边和老婆闲聊，时而感慨地说，你们城里人如何如何。

四叔和四婶，属于相亲认识。

那时候四叔已经三十岁了，别人给介绍了几个姑娘，他不是嫌这个就是嫌那个，到最后再也没有人愿意给他介绍对象。然而小儿子怎么也不能打光棍，爷爷托了人，一个转了几道弯的亲戚把四婶介绍过来。四婶长得不漂亮，颧骨很高，还有点龅牙，脾气古怪，特别是年轻时，甚至可以说有点自以为聪明的“愚笨”。四叔大概也晓得自己的眼光再高也是无用，竟然就答应了，于是两人很快结婚。

四婶嫁过来后，不知道是谁教给她的，或者是农村女人自小养成的无意识，过不多久，就每天和爷爷闹分家，因为那时小姑还没出阁，她是想把爷爷的产业尽早纳入自家名下。实际上，爷爷在和父亲、三叔分家的时候，已经为小儿子多留了东西，就是指着他们养老的。

一年后，四婶怀了一胎，男孩，可惜夭折了，对四叔打击很大。又过了一年，生了一个女孩，取名珍珍。我家和三叔家都是两个儿子，四叔不甘心，几年后，冒着罚款的危险又生，终于迎来个小儿子，就是来喊我们吃饭的小弟。小弟出生后那一段时间，大概是四叔人生中最好的时光，每天抱着儿子出现在村里，憨憨地笑，给小弟擦鼻涕。也是因为这些，他对小弟极其娇惯，家境如是，也并没有多少好吃的好玩的给他，只是惯他的脾气，惯他孩子式的无理取闹。家里人都慨叹，这孩子这样惯，将来该怎么办呢？四叔却不以为意，说儿子嘛，不惯他惯谁呢？家里人知道他的脾气，说了也白说，但都暗暗担心小弟会像有的小树那样，长着长着，就歪了，然而等到小弟长到十岁，也只是一个普普通通的农村娃，并无什么一定会成为坏孩子的征兆。可见一般的人们，常常过度担心了，在那样条件下的农村成长，人基本上并没有变坏的资本。

四叔和四婶从结婚，就没断了打架，他打她，她也打他。他们总打，但没人弄得清打架的具体原因是什么，仿佛这只是他们日子的一部分，如同吃饭、睡觉、干活。有一次，两人吵过打过，倔强的四婶把水缸根儿的农药喝了半瓶子，幸亏发现及时，找村东的赤脚医生给洗了胃，捡回一条命来。这一次事件，并未终止他们日常的战争，但四婶再也不会冲动到去喝农药了，大概是晓得了自杀未必能死，而且被救也是一种痛苦。四婶改换了策略，他们再打架，不管怎么样的天气，家里境况如何，她就会偷偷跑回娘家。据我听闻，说四婶有时甚至也不空手，偶尔会把家里的什么东西捎带到娘家去，以示她对四叔的愤恨和对那个家更亲近些。她气急回去的时候，孩子也扔下不管了，撂下一句“告诉你爸我回你姥姥家了”，转身即走。小妹或小弟就哭着去找四叔，说：“爸，我妈跑了。”“跑哪儿去了？”“跑我姥姥家去了。”四叔不耐烦地骂一句，也并不在意，回家给孩子做饭，喂猪喂羊，仿佛本来就这样。过个三两天，母亲的其他亲戚就和四叔说，赶紧去把你媳妇接回来，老这么着也不是回事。四叔说，她愿意回去就回去，我还省粮食了呢。众人就再劝，他也仍是不松口，但第二天，多半会赶上马车，到几十里地外的老丈人家，把四婶接回来。如是往复许多年，到后来也没人再劝了，知道他肯定要去的。

这些年，可能是他们老了，打也打够了，打架减少了，但要绝迹，看来还是难。四叔和四婶打架，她也不再跑，就会到我家和三叔家去告状，母亲不过这个劝慰一下，那个数落两句。也只能如此，家里的日常琐事，又能有什么头头是道的道理？好在无论如何，农村的日子，总是能这么过下来，一日接着一日。

我们在院子里站着，聊院子里的黄瓜、酸掉牙的沙果，等着这顿饭开始。

四叔还没回来，据说今天会请假特意早回一会儿，然而这时已经太阳落山、牛羊进圈了，却还没有他的影子。四婶早就做好了饭菜，在铁锅上热着，我们就这么等。小弟爬上墙头，很快摘下一兜将将熟的李子给我们。吃吧，吃吧，我每天都吃，他说。我们尝了几颗，有点酸，有点甜，也有点涩，但是纯粹的土里长出来的水果的味道。吃了几颗李子，突然听见摩托车的轰隆声，已经很暗的院门口驶进一辆破旧的“幸福牌”摩托，吼叫如雷，似乎得了机器哮喘病，声音沙哑粗壮。四叔回来了。我看向他，吃了好大一惊。四叔怎么会如此瘦小了？怎么这么苍老憔悴了？他看起来，像一个小老头，本来就很矮的个子，在院子的夜影里，更小了，如同一截木桩。尽管光线不佳，我还是可以清楚地看到他的脸上身上，覆满了矿粉的灰尘，连目光也是灰色的。瞅见我和老婆，他疲乏麻木的脸上露出艰涩的笑，说等我干什么，你们先吃吧。又叫喊小弟，给你大哥大嫂摘李子吃。我们连说吃了吃了，小弟已经跳上了墙头，又要去摇晃李子树的枝干，我赶紧把他拉下来。

不一会儿，小弟端来一个脸盆，架在院子里的石头上，把刚刚从水管里抽出来的水灌满盆，又灌了旁边一整塑料桶。四叔脱掉上衣，没有了衣服，他看起来更瘦小了，像大城市商店橱窗里摆着的公仔，像一只干巴巴的猴子。看见他裸露的上身和杂乱的头发，我的心脏似乎被一种东西撞击着，觉得胃里很酸，眼睛也是。我咬了咬牙，压制住心里泛起的热辣的流泪的冲动，和四叔说着话。

这时候，我才在另一个更深的层次上明白自己为什么要回来了，不只是因父母在，还有四叔、三叔，以及那些乡亲，他们烫烙在我身上的，绝非只是记忆。我忽然意识到，自己在城市的人群里穿梭时，只是假装忘掉了他们的存在，只是在掩饰，掩饰的结果，就是让这个村庄给我的东西埋得更深，像几百万年前埋在地下的植物，它们总有一天会变成煤，会遭遇火，会烧成灰。即使灰飞烟灭了，这印迹也仍留在我的基因里，如同我们那短到几乎没有的尾骨。大概，每一个从乡村挣扎出来的穷小子，背上都要拖着这样一条无形的尾巴。尽管我可能不再像他们一样，和泥土、牲口打一辈子交道，尽管我能在某种意义上洗掉身上的土味，可我不能把双脚从这地里拔起，那脚趾延伸出根，钻到了更深的地下。我再也不能无视这一切了。一旦想到他们身体里卑微而纯洁的灵魂，一旦想到他们一辈辈所遭受的辛劳和苦难，我就会变得很悲观。这悲观罩着我，做我生活的底色。

没有洗发香波，只是抓一把洗衣粉搓在枯黄的头发上，胡乱挠几把。他洗浑了三盆水。即使洗完了，四叔的脸仍然留有一条条淡淡的泥水印，好像刻在上面的一样。每天都要洗这么几盆，他一边擦一边说，灰太大了。我问他工作累不累，他说不太累，就是熬人，看着机器粉碎矿石，眼睛一刻也闲不得，稍微闭一下，机器就可能被卡住。戴了口罩吗？每天在如此巨大的矿物性粉尘中劳作，我真是担心他的身体，不用检查，他的肺部也一定是灰色的了。他说戴了，可是管什么用呢，口罩很快就被粉尘糊住，喘不上气来，就会摘掉。而且，他还要不停地抽烟，以抵抗这种重复性工作的无聊。我能说些什么呢？难道我告诉他，你们矿上有义务帮工人避免矽肺危险？或者说，四叔，这样不健康，你不能摘了口罩？不，毫无意义，因为所谓扼住命运的喉咙，只不过是一种虚假的坚强，因为他能在那打工已经是老板看了三叔的面子并且发善心了，否则，他将失去支撑家庭的主要收入，十几亩薄田只能解决温饱而已。他不需要我这类虚伪的关心。

我们终于坐上了桌，桌上摆满了菜，头顶上的灯发着亮，灯泡周围一群蚊蝇飞舞，它们往热烫的灯泡上撞，撞不进去，再撞，偶尔能听到薄薄的翅被烧焦的微声。四叔给我起啤酒，自己则从柜子下面拎出一塑料桶的散装白酒。十斤，又快喝没了，他一边往杯子里倒一边笑着说。他已经上了瘾，很多年前开始便每顿饭都喝酒，喝了酒也会耍酒疯，为此父亲和三叔说他好多次，但他很坚持，很倔。这一天，我看见他眯着眼睛喝掉杯子里的酒，满足地啃着鸡爪子。我想，以后也许我无法再劝他把酒戒掉了，我只能告诉他少喝。他怎么能戒得了？酒，是他的药，也是他的毒。

他一向很倔，因为这种臭脾气，他丢掉过很好的工作，也后悔，可是下次来了脾气，还是一样。我如今才晓得，他的倔，不仅是脾气的古怪，很大一部分还来自于一般农民所没有也不重视的自尊，或者是自卑。因为他根本上觉得自己什么都好，至少不比别人差，可是日子却总过得捉襟见肘，总不如意。他不服，一定要在某种程度上找回面子。大概十年前，有一种卫星信号电话开始在乡村流行时，看到别人家装，他也装，明明知道几乎无人会打过来。别人家买电视，他也一定要买，而且要彩电，尺寸要够大，尽管是二手的。后来，手机进了农村，他一时无钱置办，但心里很不服，在酒桌上愤愤地同炫耀手机的人说："什么了不起，将来我一定买比这大的。"有和没有，对他来说是完全不同的。

没错，他就是这样一个人，很早时就是。

二十几年前，从很远的村子来了个照相师傅，用古老的照相技术给我们照全家福。我们站在我家的窗台下，他蹲在墙头上，死活不肯与全家人站在一起。爷爷骂他，他就跳过墙头逃掉了。我的记忆里，他从来没和全家人一起照过照片。他可能在想，他是超越家里这些人的，他是不同的一个。但我知道，他内心也想和家人站在一处，留下影像，可有一种叛逆式的尊严鼓动着他，让他拒绝自己的意愿。过了些年，他似乎是要补偿这亏欠，自己鼓捣了一个傻瓜相机，给家里人照相，也四处给人照相，人家不给钱，他也不要，结果当然是赔得一塌糊涂。

非常年轻的时候，他同村里人一起到沈阳打工，于当时的我而言，沈阳如同天的尽头。几个月后四叔回来了，还搭往来村里和镇上的班车拉回一堆水果——西瓜、梨、苹果、香蕉。那是我，也是我的家族第一次见到香蕉，来自遥远的南方的水果。四叔打算倒卖水果，它们摆在外屋地下，然后左邻右舍的大人和孩子都来看，眼神渴望，四叔便忍不住拣一两个有点烂的给他们。那时候，小姑辍学在家，就把几箱子水果摆到供销社的门口去卖，可对二十年前我们村里的人来说，水果太奢侈了，没人愿意拿仅有的那点钱去消费这些。眼看水果烂掉，四叔不得已将他们分给家里人吃，赔了好几百块。又出去打工，半年后回来，带着一台录音机和几十盘翻录的磁带。在爷爷家里，每到晚上，就会围着七八个大大小小的孩子，等着他把按钮按下，等着另一个世界的声音传来。还有一阵，他同一个堂弟，我们叫五叔的一起做小买卖，倒卖牛羊皮，赚个差价。那时候皮子虽不如现在值钱，但因为交通和信息的闭塞，差价还是蛮可观的。他赚了点钱。我放学去爷爷家，常常看到他和五叔趴在炕上，拿着小本本算账，基本上都是五叔在算，四叔在听，算着算着四叔就觉得自己分的钱变少了。五叔又重算，越算越少，算账这件事，他一辈子也算不过五叔的。后来，四叔觉出了不对劲儿，又找不出哪儿不对劲儿，又有其他事，便和五叔散了伙。

我总觉得，他年轻时有过大志向，发家致富，或者做点什么别的大事情；他憧憬过美好的生活，或者，他在骨子里以为自己不属于乡村世界。可他的命运却是一辈子被拴在土地上，他活着，拼命抗争，辛苦地维护着自己有些虚妄的自尊，而这抗争常常又成了更深一层苦难的根源。

饭菜很丰盛，我吃得不多，也喝得不多，因为这场面有点像一场戏，他和我各自扮演着自己的角色：一个农民和另一个本质上的“农民”。我们难以深入交流，因为交流不解决任何问题，我们面对世界上的一切，只是把自己无意识地投入进去，活着，一天又一天地过日子。其实四叔对我很好，当年我考上高中，是家里第一个高中生，上学前一天晚上，他醉醺醺地到我家，给我二十块钱。上大学那一年，他家里实在困难，可还是醉醺醺地到我家里，说四叔欠你一千块，将来给你。我说不用四叔，他就急了，说你瞧不上四叔？他希望侄子瞧得上他。我结婚的时候，亲戚随份子，曾说他困难些，少一点意思意思好了，他却一定要和别人一样。现在我知道，他这么做，是想告诉他的兄弟姐妹，告诉家里人，他是有用的，和别人一样能行。可是有时候，他本质上的老实，天生的不精明，总让他吃亏。过年时一群人要打打扑克，来点小彩头，他也爱往上凑，这么多年没听说他赢过一分钱，而输掉的，却是不少。然而，第二年他还是会专门攒下一点钱，再去玩。他是多么渴望赢，多么渴望任何一种意义上的成功啊。

他喝了好几杯酒，看着自己的小儿子剩饭，骂了一句，妈的，瞅你那个儿头，还剩饭。四婶就会瞪他一眼，看着我们，说你瞅瞅你四叔，说话这难听。我只能嘿嘿笑，端起酒杯来说，喝酒吧。他的脸终于在灯光酒意下清晰起来，微红，胡子拉碴，满足地啃着一块鸡肉。

我看不过去，又劝他少喝点酒，否则身体会坏掉的。已经坏掉了，他说，有一段时间肝疼得厉害，就去镇上医院检查，医生警告他要彻底和酒告别。他戒了一段。可是每天十几个小时的劳作太辛苦了，同四婶总吵架，大女儿珍珍在镇子上打工，一点也不省心，全部的希望寄托在小儿子身上，可他的学习成绩又让人完全看不到希望。这种生与活的苦闷，又把他拉到了酒杯里，自此再也放不下了。我不知道他是否哭过，可我瞬间理解了他的全部人生，我很后悔，有很多次我都应该好好陪他喝一顿，喝得痛痛快快的，却没有。在内心深处，我总认为他过于固执敏感，孩子气的小性，甚至有点瞧不起他，我很惭愧，这或许是他的无奈，却是我的耻辱。我有权利拼了命地往前去奔自己的生活，可我不该无视背后的人们。

在农村老家，如今的日子，几乎不用挨饿，也不怎么欠债了，可是农民仍然看不到实实在在的光亮。他们的光亮是什么？是儿女。而他们的儿女陷入另一种他们不理解，却又清楚地知道的挣扎中，那不是未来，只是惯性使然。早些年，儿女出生时望子成龙、望女成凤的雄心，早被琐事磨没了，他现在只求他们能有个稳定的生活。但这愿望，也不容易达成。

我在镇上见到过浓妆艳抹的堂妹，他的女儿，长得不俊，可是爱打扮，好凑热闹。初中毕业，读了两年高中，自己偷偷退学了，在镇上的火锅店、小饭馆打工，跟人家瞎混，甚至跑去和小痞子们一起去打群架。

去年的某天，我接到母亲的短信，说珍珍要订婚了。她才将将二十岁而已。据说是认识了一个干妈，那个干妈给她介绍了一个对象，然后就订了婚，四叔按照习俗，要了人家六万块钱彩礼。但这并不能扳正她已经倾斜的人生轨道，今年她和对象分了，过了几个月，听说又订婚了，订婚于她，似乎就是一场可以随时散伙的游戏。她在迷惘的十字路口徘徊，可怕的不仅是她听不进任何人的意见，还是她并不以为自己迷惘，反而做任何事都带着能决定自己人生的决绝。

我的脑海里，一直印刻着他满身矿粉的瘦弱身躯，四叔站在家里破败的院墙前，衣衫单薄，艰涩地笑着，眼神里只剩下微微的一点光亮。我知道，就是这一点微光在支撑着他整个人生。在我所熟识的老家人里，再没有谁像他那样，不断地被生活的重压所压榨，但又不断地努力调整身段，做出改变。他永远心怀希望，哪怕是在最困顿的时候，都没有表现出悲苦的情绪。这光芒虽然微弱，却从少年时就作为他的力量而存在。好吧，我似乎必须承认他是一个另类的强者，而弱者是我这样的人。我难受极了，真担心这一点光会被生活的狂风骤雨吹灭，或者光能持续亮着，而他的全部生命却被提前耗尽。我所能做的，大概就是下次回乡时，跟他坐在一起，好好喝一通酒，聊聊心里话，如果他愿意。

我的难过不只是因为四叔，更深一层的难过是：每次傍晚从远方回到村口时，都是掌灯时分，从前我以为这些灯是一个个家庭的温馨，但现在，那片在巨大的黑暗中摇曳的微光，仍是亮，是暖，是这个村庄和生活在其中的人们活下去的希望和力量。

三 叔

《四叔》和《舅爷》两篇，贴在网上后，引起诸多感慨，似乎我笔下的老家只有生的压抑和死的悲苦了。自然不会如此，但我不会为了调节文章调子而故意去增添欢乐的调味剂，老家人，他们的欢乐是有的，甚至浓度、烈度比城里人要高很多，然而我从和他们相处了三十年的经历看，将这些欢乐放在漫漫的艰苦人生里，仍不过是极少的点缀。他们过日子，自会以乡村的智慧，在心里打造出一种未必可靠，但于他们而言极为有用的信仰。比如儿女过上舒心的日子；比如死之前一定要盖一栋新房；比如不停地往信用社里存钱，没人的时候看着并不多的存折数字感到满足；比如养一匹好马、一群羊；比如只是按照生命的惯性，懵懵懂懂地往前走，直到尽头。这些希望实现一点，都会让他们极为快乐，我很明白他们这希望的纯洁和简单，但我亦深知这希望的渺小和卑微。说这样的话，是因为我常想起有位邻居为了给儿子解馋，在深冬的寒夜里去偷别人家的鸡。他们家不养鸡，但第二天在房后有了一堆新拔下来的鸡毛。

现在的这一篇，调子与前两篇不同，这不同非缘于我，而是缘于他们活得确实有别。我无法也不想保证每句话、每个细节准确无误，我只能尽力写出我所能看到的他们的人生。

在严格的法律意义上，三叔同许多人一样，是一个罪犯，但在老家的乡村社会里，他们属于那种不大不小的能人。

父亲他们这辈儿，兄弟四个，姐妹两个，最大的哥哥英年早逝，余下的里面，三叔心眼儿最多，人也最活泛。三叔是个赤红脸，年轻时易急易恼，生气的时候，脸就更红，脖子和身体都像一个紫薯。当初三婶刚嫁过来，他们还没从爷爷那里分家，我们一家也经常回到老院子吃饭，人多嘴杂琐事多。那时候，几家人地挨着地，垄挨着垄，牲口也都集中在爷爷的名下，无论是种田还是收割都是整个家庭集体作业。作为刚进门不久的媳妇，三婶自然要上锅台做饭，她第一次蒸馒头，碱放多了，面也没揉匀，出锅的馒头死硬，发黄，一股碱面子味。三叔外出干活回来，瞅见锅里的馒头，火气冲上头顶，对着三婶开吼。好在三婶是个性子沉、心里装得下事的人，不像四婶那么直愣冲动，猫着腰在那揉第二锅馒头的面，不理三叔。三叔喊了一阵，旁人也劝，他就气鼓鼓地走了。

结婚之后，三叔觉得自己成家立业，做了大人，同一群常在一起干活的伙伴喝酒，他酒量小，上脸，喝一点就醉。三叔不爱吃面条，甚至不爱吃任何汤汤水水的食物。这，都是二十年前的事情。如今，三叔虽然也常梗着红黑的脖子，却没有了年轻时的愤怒。他现在最常做的一件事，是乐呵呵地用一个小棍剔牙，牙缝里其实并没什么，剔牙是要做出一副饭后的悠闲姿态。他变得喜欢吃面条了，特别是荞面条；他也能喝了，喝起酒来可多可少，多的时候一斤白酒也不醉。我一直纳闷，是什么让三叔在这些方面前后判若两人，问他，他也说不清，只说："我哪儿知道？稀里糊涂就这样了呗。"但我静下心来，细细去盘点他的经历时，仍能从这些变化的细微处看到，生活给他设置的种种难题和他努力做出的回应。

三叔的第一个儿子，叫文迪，生在爷爷家的西屋里。三婶怀孕之后，我们这些孩子便都不让进西屋了，后来连进东屋也少，直到文迪出生。文迪几个月大的时候，遭了一次罪，大概是感冒发烧，找前院的一个二大爷给他打针。这个二大爷，是自学的兽医，他行医十几年，劁掉的猪卵上千只，配种的牲口也近百了。为了多赚点钱，二大爷也偶尔充作人医，家里有人头疼脑热，大都是到他那儿买两片药，也偶尔找他打针输液。

他给文迪打针，因为是婴儿，用了最小号的针头，细如牛毛，针扎在孩子的屁股上，孩子难免哭闹扭动，竟然把针头折断了。周围的人都吓坏了，二大爷脸色煞白，而孩子的父亲三叔却脸红如紫，急得在屋子里打转。那时候，我们一直听到这样的传言：断掉的针头会顺着血管游走，一直走到心脏，把人刺死。这传言让人们恐惧，担心针头从文迪的屁股往大腿上走，最终到了心脏。四叔跑去村东，把老中医王杰请过来。王杰问了情况，说没事。三叔说送到乡卫生院吧。可用什么去送呢?那时的车没有现在多，连摩托车都少见，一时半会儿也找不到。王杰大手一挥，说不用了，我给他开刀。也只能开刀。三婶抱着文迪，人小，不能打麻药，三婶就让他叼着自己的奶头，同时不断地拍着他的背，想让他安静下来。王杰在外屋噌噌磨手术刀，他都记不清自己上次用是什么时候了。磨完了进屋，用酒精消了毒，就割开了文迪细嫩的皮肉。当时，我就在旁边看着，充满恐惧和好奇，大人们已经顾不上把我赶出去了。

三叔的头发竖着，眼睛外凸，一副要和人拼命的样子，不住地吼三婶："你好好哄孩子，别让他哭啦，别让他乱动啦。"三婶茫然无措地说："我哄着呢，不管用啊。"王杰真是胆大，一个乡村医生，给几个月大的孩子开刀，割开皮肉，用镊子在刀口里寻了半天，根本找不到断针。众人更慌了，坏了，或许针头真顺着血管走了。王杰说给我来点酒。疑惑的三叔找酒桶给他，王杰喝了几口，又对着自己的手喷了口酒，把手指伸进刀口里去，摸了几十秒钟，说："找到了。"一狠劲儿，终于把作孽的断针拔了出来。三叔的脸，也开始从奇异的红回转到正常的颜色。文迪终于捡回了命，从这事之后，二大爷再也没给任何孩子打过针。

十几年后，文迪中考失利，进不到高中，三叔征求我意见，是复读一年，还是花钱上高中。我劝他送文迪到刚开的四中去，复读未必有好结果，花钱，差一分一百块，他差了六十多分，就是将近七千块钱，砸锅卖铁也拿不出来。三叔盘算了下，同意了，和我一起去四中办手续。从家里坐班车，一百八十里地，走到五分之二的时候，我看见三叔的脸色暗淡，很难受，他晕车了。三叔可怜地看着我："你自己去吧，你让我回去吧。"我说我做不了主，还是得你去，他不再言语，只是看着车窗外。后来我知道，三叔打退堂鼓，不是因为晕车，是因为他忽然间发现自己要做的决定关系到文迪的一辈子，这让他有些不适应。

三叔是乡村里的变革分子，头脑灵活，愿意尝试新事物。文迪四五岁的时候，三叔买了一台二手柴油机、一台铡草机，三叔一到秋后收完谷子，就去给人家铡草。他摆弄各种机器，全是无师自通。刚买回二手柴油机那会儿，他一个人在小仓房里把它拆开，再往回装，装完了启动不了，再拆开，再装，直到把每个零件摸透。这一段儿，三叔也并没有赚到多少钱，因为家家户户手头都紧，草是铡了，可钱却给不上，只能等腊月，三婶挨家挨户去讨要。但这毕竟是一副营生，强过只种那几亩贫地。过了两年，他又倒回一个二手的脱粒机，那种小型的康拜因，干了几年，又买进一台玉米脱粒机。柴油机是一两年换一台，都是二手的。终于有一天，他知道靠这个发不了家了，便都处理掉了。

三叔开始自己种菜园子。他家在村边靠南的地方，有上好的一块地，挨着水渠。三叔先在那种芹菜、茄子、西红柿，卖菜钱勉强够给两个儿子交学费。后来，三叔从乡里买了一本种西瓜的书，在农科站买了西瓜籽，种西瓜。因着三叔的瓜园，那一年的秋天，是我一生中真正感受到田园生活的时节。白天，我和三叔赶着骡子车，拉着西瓜到附近的村子里卖西瓜，晚上就和几个弟弟一起在瓜园的窝棚里看瓜，馋了，就趁着月光到瓜地里去摘一个砸开来吃。但西瓜罢园后算账，似乎和投入差不多，三叔晓得这条路也不通，瓜园第二年也就歇了业。

三叔总不愿老老实实种田，他接连打着各种各样的短工。比如去蒙古族人聚集的地区，给人家打秋草；约几个人，帮别人垛墙盖房子打井；倒卖牛羊和牛羊皮子；等等。他几乎做过所有的乡村职业。在这些职业中，三叔尤其是一个称职的屠夫，家里杀猪宰羊，剥皮剔肉，都是他动刀子。死在他刀下的猪羊，至少有一两百了。每一次，他都会笑着说："我这辈子杀生无数啊。"

三叔不是一个规规矩矩的人，我十几岁的时候，也跟着他做过许多出格的事情。每年过年，我们村那儿流行买很长很长的鞭炮，挂在一根高高的杆子上，叫作炮仗杆子。各家会比谁家立的炮仗杆子高、直，比鞭炮长短。一到腊月二十九的晚上，天地一片黑，三叔就会打着手电到我家，喊我和他去西边的林子里偷树。我们摸黑走三里多路，到西树林子边上，先蹲到看林人的院子外的树坑里，等他们的灯灭了，狗也不叫了，再往里去，用尺锯子嗤嗤地锯树。每次大概放倒三棵，最小的一棵我扛着。三叔扛一棵往前走，他走得快，超过我一两百米就把肩上的放下，然后回转身去扛另外一棵。脚底下全是石块，磕磕绊绊，我肩头上的小树死沉死沉，几乎要把骨头压断一样。更恐惧的是，我精神始终高度紧张，总觉得自己会被看林人当场抓获。三叔扛着树，也压得厉害，嘴里不住念叨："太粗了，应该放棵细一点的。"但第二年，他还是会放倒这么粗的两棵树扛回来。

在我瘦弱的肩膀和并不强大的心里，这种行为被看作一种奇特的成人式。我和三叔一起去偷树，干出格的事，似乎一夜之间就长成了大人。但每次第二天，我看到自己扛回来的那棵小树，还是会备受打击——它太小了，几乎够不上树这个名字。年三十明晃晃的阳光或冰冷的风雪里，我常会感到昨晚的偷窃行为是个梦。三叔一脸寒气地进来，得意地跟我们说："我昨天锯的那两根檩子，真不赖。"他让我知道，那不是梦，是真的。我后来问过三叔，为什么一定要等到腊月二十九才去偷。"碰见人好说话啊，"他说，"让人抓住就说是偷炮仗杆子的，再说偷树谁会偷你扛的那种小树啊。"现在我知道，他带着我，其实也是为了给自己壮胆和留后路的。

三叔还伙同其他人跑到山上去，打野鸡，捉鹿，围野猪，我每年回家，他都会告诉我某天去他那儿吃野味。他经常跑到坝后的蒙古族人聚居区，把那些吃了荆棘划破胃而死的牛羊或冻死的牛羊买来，回家剥皮剔肉，然后卖掉。大概七八年前，村子后面七八里地的地方开了一个铁矿，三叔托了人，进了矿，成了一个不下井的矿工。但倒卖死牛羊的买卖，他是一直没断的。那种下井的苦力活儿，他一向不屑于干，他总是干不吃力却讨好的活计，这是他心底里潜在的原则。三叔有他的道行，在任何地方都能和周围的人混得熟络，称兄道弟，借力打力。他风雨无阻地骑着一辆破摩托，到铁矿上日班或者夜班。三叔已经在铁矿干了五年了，尝试了各种活计，现在的工种是装矿石的司机，每天要装几十上百车。

十年前，三叔倾尽所有积蓄，在自家那栋几十年的土坯房前，盖起一座砖瓦房。封了顶，上了梁，钱花光了，这栋半成品的房子就杵在那儿。他跟两个儿子说："你们两个选吧，只能有一个念书，不念书的我就把这房子给他。"两个儿子虽小，也看得出没装修的房子简陋，更晓得不读书的结果，便都不作声。三叔骂他们一声，说都念书，哪有那么多钱？话虽如此，他却想尽办法去赚钱，没让他们任何一个辍学。

文迪工作两年，终于谈起了恋爱，但交往并不顺利，因为女孩子家不同意，坚决要求女孩子回到老家陕西。前年十一，文迪带着女朋友到北京，我和老婆请他们吃饭。这一年过年回去，三叔三婶就问："文迪媳妇你们看见了没？""看见了。"我说。"怎么样啊？""挺好的，看起来很实在，是过日子的人。"我回答。

我告诉三叔："你赶紧把你们家西屋装修好吧，说不定明年文迪就把女朋友领回来了。"三叔嘿嘿一笑说："赶趟儿，收拾屋子还不快？"但文迪一直没能把媳妇领回去。每次说起这事，三叔不复以往的乐观，连连摇头，说她家那头不同意，咱就想不明白，都啥年月了还干涉儿女。三婶在旁边附和，说过年时文迪半宿半宿地打电话。我看到他们因儿女的事情而苦恼，却无力帮他们什么。

第二年五一假期间，我接到文迪电话，让我务必去一次塘沽，她女朋友的母亲、姥姥和小姨过来，非要见一见我们家这边的人。其他亲人皆在千里之外，只有我最近。我一早坐车过去，见到他女朋友的家人，她们对我的到来既不吃惊，也不热情，让我感觉自己可有可无。我本不善于同陌生人打交道，何况是去游说这类事情，也只能没话找话地问问家里情况怎样，故作轻松地说文迪和女朋友关系很好，他们留在塘沽都会有发展的。她们只是善意地微笑着，对我的话不置一词。后来我问文迪，这次之后，他女朋友家里有没有松动，他说情况还那样，并没有根本的好转，我知道自己的游说并不成功，觉得很惭愧。

那年的十一，三叔和三婶一度准备着迎接准儿媳妇，然而最终，文迪还是一个人回了家。我曾偶尔听三叔和我父母埋怨，意思是不行就算了吧，再谈一个，总不能老这么僵着。而文迪并没有散的意思，他就只好把话埋在心里，眼看着儿子遭受爱情的苦恼，他大概渐渐明白，总有一些事，是他这个能人无能为力的。

过年节回乡，三叔会请我们去他家里吃饭，想尽法子灌我和弟弟喝酒，我们要同样对他，他就会摆出三叔的架子耍赖。在酒桌上，我问他收入是否见长了，他得意地歪着脑袋说：“我有额外收入。”我知道他的额外收入，就是偶尔从矿上顺回一块废铁，或者机车的废弃零件，有时候甚至是矿石。没人知道他把这些玩意儿倒卖到哪儿了，总之他卖了，还卖了一个好价钱。在法律上，三叔是个罪犯，可在老家那偏远的农村，他被村民看作是会过日子的能人。

每个月一千多的固定收入，大儿子文迪已经工作，小儿子刚刚读完大学，这些都使他微微地发福。三叔饭后闲站在街上的时候，身体不会如以往绷得那么紧，有了些志得意满的懒散。这使他和四叔不同，他对生活向来怀着可靠的期望，因为他的两个儿子都读了大学，无论他们将来工作如何，生活是否顺心，至少在现阶段，三叔在村里是活得潇洒的少数人。儿子的身份，让他也有了身份，人前说话和人后办事，也就有所不同。他有肉吃，有酒喝，家里暂时并无债务，也看得见自己能沾儿子的光到城里去住几天的未来。这是他的快乐。

然而他不愿意去想和面对的，是快乐背后的隐忧。比如身体比原来差很多，腰腿都疼，还有许多地方偶尔不舒服；比如大儿子的婚姻，小儿子的工作和爱情。他不去想这些隐忧，或者，他觉得自己把儿子养大成人，供他们读完大学，已然完成了做父亲的任务。他还是偶尔去和人打打扑克，小赌一下，赢了钱就到亲戚家里去说，输了钱也去说，自己本来有何种好牌，可惜打错了。

三叔刚过五十，但已经有了老年人的样子，这种老，是岁月一刀刀刻在他身上的。我常常想起许多年前和他赶着骡车卖西瓜的情景，我一直记得绿油油的西瓜，高高的秤杆，洒满阳光的马路，但总是无法回忆起他当时的具体模样。而现在，当我讲述他前半生的故事时，我吃惊地发现，三叔的形象似乎从我第一次见到他就和现在一样苍老，在我的记忆里，他成了一个没有年轻过的人。我不知道何以如此，只是觉得，也许这个衣着老旧、头发蓬乱、面孔黑红的人，早早就注定了有这样的经历，生这样的儿女，过这样的生活。

老头们

想写几个老头，比如爷爷和他的兄弟们，他们是我对老头最直接的印象，因为自我一出生，他们就在家族里作为最老的一代人而存在，略微佝偻的背，一身衣服穿半年，黑白参差的胡楂，都象征着他们青年时期已经远去很久了。

最初，我并没细想过，这些隔代的老人对我意味着什么，此刻要写下他们的故事，才越来越发现，他们是让我得以存在的链条上的一环，过着我这代人再也不会重复，甚至很难理解的一种生活。而我想试着去理解，不论是作为子孙还是作为一个写作者，我对他们所有过的岁月感到好奇。

到现在，家族里他们这一代人，已经全部作古，深埋黄土了。于是他们的一生化成许多个片段涌来，我并不期望用虚构或某种笔法，将这些碎片拼成一幅完整的图，我无力实现，只能细细揣摩碎片上刻下的痕迹。我想做的，是在某一些时刻，能贴近他们真实的内心。

爷爷

爷爷们那辈人，都是多子女，这是中国农村的传统，贪图多子多孙多福寿和人多力量大或真或假的好处，也因为没有好的节育方式，偶一冲动，就可能添一张嘴。

爷爷哥儿四个，他是老大，大号叫刘长生，活了七十四岁。

在我的印象里，爷爷似乎一直在行走，常常背着口袋匆匆来往于方圆几百里的地方。他曾说过，更年轻一点时，他是赶脚的，也叫作赶大车，相当于现在的物流司机，就是驾一辕马车天南海北地给人家送东西，粮油酱醋、箱子柜子，甚至大活人，跑了许多地方。后来，因为子女多，赶上不太平的年月，太爷爷带着一家老小从山东迁徙到偏远的内蒙古北部，安营扎寨，定了居。爷爷同我讲，他们刚到时，村子里的蒙古族人刚刚北撤到坝后，四处留着许多丢弃的破烂蒙古包残迹，牛羊粪稀稀拉拉摊在坑坑洼洼的土路两边。再就是，早几个月到的汉人，垒起了几座土坯房。没有人刻意选择这个地方，也没有人看过山势或风水，大概是最早的一批人中的一个，四下打量了一下，说“就这儿吧，不走了”，这个村子也就诞生了。

太爷爷勒住了马笼头，看了看，也说，就这儿吧。人们就都下了车，埋桩子搭窝棚，女人们起锅架灶，家就这么立了起来。爷爷从一个四处游走的车夫变成了一个农民，带着自己的几个儿女开荒辟地，置办牛马，过起了半农半牧的生活。

上小学之前，我和弟弟都睡在爷爷家里。那时候村里远没有通电，连煤油灯都很少点。煤油是限量供应，每年固定的几个月，各家人到供销社去买一小桶，就是一家人一年的光亮。其余的大部分夜晚，都只是安静的黑暗。还好爷爷有一台很老很老的收音机，天一黑，牛羊一进圈，桌子碗筷收拾好，他就趴在扣箱上，把收音机调频旋钮扭来扭去。收音机太老了，信号也差，每天电波嘶嘶啦啦的声音总要响很久，才能听到一个并不清晰的人声。多数是单田芳在说评书。调好频道，爷爷把我抱在扣箱盖上，让我和他一块儿听评书，接着用旧报纸卷一根老旱烟，点着了吞吞吐吐。我所能记得的，同爷爷一起在黑屋子里听了《童林传》《小五义》《五凤朝阳刀》之类的侠义小说，还有《包公案》《施公案》之类的公案小说。我虽听不大懂，但一样被那些故事吸引，现在想来，那些声音是对我人生钟情于幻想和虚构的第一次启蒙。在孩子的眼里，有的吃有的睡，无须劳作，整日于田野中混玩，完全不晓得家里的境遇，还能定时在黑暗里等候故事讲述，这童年就很快乐。

有时候，实在调不到收音机的波段，爷爷就放弃了，把收音机的天线一节一节缩回去，端坐在炕上，拿出他的小纺锤、扦子和一个小布口袋。布口袋里装的是一小团一小团的羊毛，这是羊圈里的绵羊掉的，爷爷都捡了回来。他揪一缕羊毛，捻成细绳状绕在小纺锤的钩子上，拎着另一头，右手使劲把小纺锤转起来，很快那缕羊毛绳就变得均匀、紧凑、结实了，成了一根略有些粗的毛线。爷爷接着续一点羊毛，再纺，等羊毛线足够长了，他就用小车辐条打造的扦子织东西。我和弟弟穿的羊毛袜子、戴的手套、脖子上围着的围脖，都是爷爷织出来的。他虽是个大男人，可织出来的东西，针脚密实，尺寸掌握得极好。我总是围着他的羊皮袄坐在对面，盯着旋转的纺锤，看乱作一团的羊毛怎么变成毛线，看一根根的毛线怎么变成袜子。后来听一首歌里唱："生活就是一团麻，那也是麻绳拧成的花。"脑海里立刻就跳出爷爷纺羊毛线的场景。长大成人后，我才懂得爷爷每个夜晚的劳作意味着一家人生活的艰辛，和在艰辛里的顽强。但在当时，我只听到纺锤转动的轻微的嗡嗡声，听久了，就会打瞌睡。

后来，那台老旧的收音机彻底罢工，爷爷找人修，也不见好转，他便生气地狠狠敲它，有那么几次真的敲出了声音，但很快又断掉了，只剩下嘶嘶啦啦的噪音。爷爷叹了好多天气，也就放弃了。他应该也有一种寂寞，如果可以用这个词，可以想象他年轻时走南闯北、居无定所，见过许多世面，遇过许多人，如今被生活囚禁在山沟沟里，连外界唯一的声音也断掉了，他心底一定有很多不甘。

我躺在爷爷家的炕上，总不爱早早睡觉。患了一辈子哮喘病的奶奶在炕头费力地喘着气，仿佛总是下一口气上不来就要过去的样子。窗外有时候看得见白色的月亮，有时就是一片漆黑，爷爷知道我瞪着眼睛睡不着，就说："我给你讲个笑话吧。"对爷爷来说，所有虚构的东西都是笑话，他不说"故事"这类的词，只要说起一件没有真实性的事情，他总说"我给你讲个笑话吧"。他给我讲并不好笑的"笑话"，也讲他赶大车时遇到的稀奇古怪的事，兴致好时，他还会唱一种小调，《杨二郎劈山救母》一类，却总是唱到一半没了声息，自己打着呼噜睡着了。因为听多了爷爷讲的笑话，我上了初中，晚上和一群半大小子挤在一铺炕上睡觉，不知如何开的头，开始给他们讲故事。到我这儿，为了显得师出有名，笑话成了故事。起初，我只是把爷爷讲给我的复述一遍，到后来这些内容都倒完了，大家还要听，小小的虚荣心促使我不愿意承认自己没有故事了，便胡编乱造。开头总是这样："从前，有那么一家子。"这话也是爷爷说的，他每次讲故事的开头都是这句话，说这话自有其原因："捡粪离不了粪叉子，讲故事离不了一家子。"我就用爷爷讲的

“一家子”开头，这一家子不是有三个儿子，就是有三个女儿，或者有头会说话的牛，再就是有条人变的狗。这一段说书人一样的生涯，开启了我的虚构之门，我开始知道世界并不只是眼睛所见、耳朵所闻的那个样子，心里所想甚至是胡思乱想都是有趣有意义的。

爷爷的生活压力很大，大儿子虽然早夭了，可父亲、三叔和四叔三个余下的儿子，总要结婚成家，大姑和小姑两个女儿，也总要出嫁，每一次都是不小的开销。内蒙古北部贫瘠的几亩地，将将对付一家人的口粮，爷爷只能想别的法子赚钱。他和二爷爷俩人，常跑到蒙古族人聚居区打工，但那时候处处穷困，也只赚到块儿八毛的零用。后来，爷爷和二爷爷两个，同村里另外几个年龄相当的人，到坝后去挖宝石。所谓的宝石，也并非何等宝贵的石头，他们只是把所有值点钱的石头都叫作宝石。爷爷走之前，会让家里人给他炒半口袋棒子面，灌一罐子咸菜，背在身上，拿着短小的镐头和铁锹一路步行而去。十天半个月之后，他们回来了，面容憔悴，身形消瘦，炒面和咸菜早就吃光光，面袋子里装着半袋子各种形状的石头。现在想起来，大概都是水晶一样的东西，但质地并不纯。爷爷从这一堆石头里拣来拣去，挑出一些，剩下的往地上一散：“你们拿去玩吧。”我和弟弟们就冲过去哄抢，拿着石头在石台上磨，希望能给自己磨一副宝石眼镜。

爷爷去世后的许多年，我再回老家时问过二爷爷，当年他们是怎么挖宝石的。二爷爷笑着说："别提了，别提了，遭老罪了。"二爷爷告诉我，他们先去踩点，也就是看山，观察山的走势和形状，找一个可能是宝石眼的地方开挖，为了省工，这个洞仅仅能容一个人，一挖十几米，不见宝石，只好另开一个洞再挖。很多次，他们都差点被塌方埋在那儿。

因为这些劳作，因为内心对家里贫穷境遇的着急，爷爷的身体越来越不好。最开始，是身上经常长火疖子，今天一个，明天一个。有一次，爷爷背部长了疖子，他没当回事，跑到南边的园子里去刨树疙瘩，伤口迸裂，感染了。疖子越长越大，严重到下不了炕，晚上睡觉也只能趴着。父亲他们两天一次跑到邻村去请焦大夫，焦大夫配了些草药熬了敷伤口，可仍不见好转。家里人说送去乡卫生院，爷爷一边龇牙咧嘴，一边不许："一个火疖子，没多大事。"其实连幼小如我都知道，事情很大了。最后焦大夫见他执意不去卫生院，说我给你做手术。也没有麻药，爷爷咬着一条黑乎乎的手巾，焦大夫把感染的肉挖了去，血水浸湿了半床褥子。爷爷的身体竟然渐渐好了，只是背部留了个大大的疤。

奶奶一辈子身体都差，下不了地，只能留在家里做做饭，看看孩子。父亲成了家有了孩子，三叔成了家有了孩子，等四叔娶了媳妇，爷爷就老了。突然一天，爷爷醒过来，半身不遂了，治疗了一段时间，有所缓解，但从此没离开拐杖，每天拖着一条腿在街上走。我们那时小，并不懂得一个人失去原有行走能力的痛苦和屈辱，竟然互相说爷爷拖着腿走路的身影像《天涯明月刀》里的瘸子傅红雪。这次病后，爷爷丧失了劳动的能力，头发花了，眼睛也不好，牙齿脱落，连脾气秉性都变了。四婶觉得他是生活的累赘，小姑还未出嫁，他们就经常打起架来，我虽在高中上学，离家两百里地，偶尔一次放假回家都能碰见他们打架。当大队书记的四爷爷主持召开了一次家庭会议，做了个大分家，决定爷爷住在我家里，连小姑也一并跟着过来。小姑当时有了对象，不多久就嫁到几十里外去了。

爷爷每天吃完饭无所事事，变得唠唠叨叨，似乎看什么都不顺眼，而且像个孩子一样爱耍脾气。当时我和弟弟两个人读书，父亲是个几乎没有收入的民办教师，全家都靠母亲一个人种的十几亩地和养的几十只羊支撑。有一年秋天，我从乡里的高中请假回家，向父母讨要资料费。父亲和母亲一起垛干草，爷爷拖着病腿进院子，喊父亲："刘真海，你给我到东边供销社买袋白糖去，我想吃糖呀。"父亲支吾着说："你回吧，你看忙着呢。"爷爷不依不饶，又喊："刘真海，你给我到东边供销社买袋白糖去，我想吃糖呀。”一叉子草从高高的草垛上落下来，掉在母亲头上，她生了气，冲爷爷喊：“哪有钱给你买糖？孩子回来拿学费，学费还没借着呢。每天端屎端尿伺候你还不够，还要吃糖。”父亲听母亲吼爷爷，有些不高兴，也就吼母亲。我在园子的角落里看着听着这一切，心里泛着少年的酸楚，忽然明白了那些语重心长的唠叨：“家里供你读书不容易，你要争气。”我曾经赌气地觉得，凭什么我要为你们读书呢？大概就是在那一天，我明白了，最低的底线，我也必须为他们读书。儿孙们能过上不一样的日子，是他们生活里唯一可希望的事情，如炎炎烈日下的一片荫凉。这片荫凉，他们即使享用不到，可看着我一步一步往那儿走，心里也是美的。我没有等到父母去借钱，走了四十里山路回了学校，一路上我都希望爷爷吃到了他想吃的白糖。

爷爷去世的时候，我在高三，家里没通知我。我寒假回家，吃饭时发现只剩下父母、弟弟和我，少了爷爷，才知道他已经去世了。那时，愚笨如我仍不明白失去亲人的实实在在的悲痛，只是心里有些堵，是说不上来的一种感觉。奶奶去世时也是如此。我仍不明白死对人而言意味着什么，只是感到他们仿佛去了一个很远的地方，不会再同我们一起吃饭睡觉，有点像去一个什么亲戚家里串一趟没有归期的门。他们把爷爷奶奶合了坟，我和弟弟骑着摩托车去给他们上坟，看到北面荒山坡下几个土包，心里突然感到一种笃定：这是爷爷和奶奶，这是太爷爷和太奶奶。这块满是石块和荒草的地方，竟如同是一个奇异的家园，我的逝去的祖先们，在这里生活着，等着一代代的子孙来团聚。

弟弟告诉我爷爷离开的大致情形。那是一个极冷的冬天，爷爷咽了气，四爷爷带着弟弟去村里有壮劳力的人家，请人帮忙去抬棺材。到一家大门口，戴着孝的弟弟先要跪下磕头，到屋里再磕头，四爷爷说："文泽他爷爷没了，明天出殡，帮忙去抬抬杠。"天冷，活累，妇女们又都觉得晦气，脸色并不好看，男人们经惯了这事，说行，没啥旁的事就过去。弟弟就这样一家挨一家地磕过去，而这，本该是我这个长孙的事情。爷爷躺在棺材里被村人抬出村的时候，我在做什么呢？在两百里地之外做习题还是背课文？总之就是在努力逃离这儿吧。

爷爷的去世，让我重新回想起奶奶的去世，那还是我读小学的时候，更早。有一天上学路上，我被一个骑自行车的村人拦住，说："快回去吧，你奶奶要不行了，赶紧看一眼去。"我坐他的车回村，进了院子，被父亲拉着到屋里，奶奶头冲炕里躺着，盖着厚厚的被子，她本来就极瘦的脸更瘦了，眼睛像两汪浑水。按着大人的指示，我握着奶奶的手，在她耳边说："奶奶，奶奶，我来了，你看看我。"旁边的人们也在七嘴八舌地说："你不是念叨你大孙子嘛，你大孙子来了，快看两眼吧。"从我一出生起，奶奶就用她的手臂抱着我，用她的肩膀背着我，用她的嘴喂过我。她的手我拉过七八年，可似乎就在那一天我才清晰地感觉到这双干柴般的手，是奶奶的手。

我想起这个，不是要复述奶奶的去世，而是忽然想到在那段日子里从没有人注意过爷爷，也没有去关心他的感受。看着这个和他生活了一辈子的女人渐渐离去，爷爷究竟是种怎样的心情？他肯定会难过，但我和我的家人，都不记得他有过特别明显的表现，即便在这样的时候，他还是忍着心里的悲痛，当好自己的一家之长。如此一脉相承，爷爷去世的时候，父亲也一定在悲痛中重新明白了自己肩上的责任。这样的家族传承，没有任何仪式，却极为重要。随着自己人到中年，为人夫、父，我越来越理解爷爷所传下来的这种不可言说的精神：不管经历怎样的曲折道路，不管见过怎样的花花世界，最终都安心地回到家里，担起一个家庭的全部重任。

十几年过去，许多有关爷爷的记忆都变得模糊了，但他在风雪里把我们裹在羊皮袄里温暖身体，他在漆黑夜里带着我听评书的情形，他躺在火炕上给我讲的故事，却深埋在了我的骨子里。我考到北京的那一年，村里人见了我都说："你考上大学了，你们家祖坟冒青烟了。"我不知道地下的爷爷能否听到这个消息，我希望他听到，虽然他从来也没觉得考上大学有什么了不起。我很想告诉他，他所启蒙的不只是我有关文学的梦，还有作为一个男人该承担的一切。我很后悔，没有在他活着的时候好好了解一下他的内心，或者哪怕只是了解一下他前半生的生活。但我一直记着，有一天我会写一部书，故事的主角就是爷爷，他正年轻，赶着马车行驶在北方的某条路上。

二爷爷

二爷爷高个子，身体一直是哥四个中最好的，他也是最后一个离开的，2012 年。二爷爷家的儿子，就是在《三叔》那篇里给文迪打针的那位，娶了个厉害的媳妇，我们叫作二娘，她是个神神道道的人，我后面还会写。日子好些后，二娘家买了电视，放在自己住的西屋里，二爷爷和二奶奶住在东屋，二奶奶有自己的内心世界，整天守着火盆抽旱烟。二爷爷闲不住，喜欢看电视，可二娘不许他看，说费电。二爷爷就到我家、三叔家或其他邻居家，坐在炕边上看电视，一看就是半天，他从不动遥控器，你给他放什么节目，他就看什么节目，就连村里人从来不看的外国电影，他都能看进去。快到饭点，他就站起身来，拿起那顶无论冬夏都戴着的帽子，说："回去了。"留他吃饭，他摇头，三两步就出了门。

因为爷爷的一条腿瘸了，后来四爷爷也瘸了，比爷爷还严重，二爷爷便每日担心自己也会和兄弟们一样。他自己攒了点钱，常到村东的药店去买一瓶子钙片，在没人的时候偷着往嘴里塞。不知是不是钙片的效用，他的腿脚一向很好。

我后来听母亲说，二爷爷去世的时候，有些突然，吃早饭时还是好好的，不久就倒在地上，然后就不行了，离开得很快。子女们当然要悲痛，尽管谁都知道人总要老去，也知道二爷爷的身体一天不如一天，可当这一天真的来临，做多少心理准备，也都是无用的。

三爷爷

三爷爷是个算命先生，2011 年春天没的。父亲打电话告诉我，三爷爷去世后，他们家里摆满了外地送来的花圈。他大儿子是村里的第一个大专生，毕业后分配到地质局，干了十几年，当了局长。又过了两年，飞黄腾达，做了一个地区市的副市长，更是不得了了。因了这个，三爷爷身份变得不太一样。有一年他大儿子带着妻子女儿回来过年，黑天的时候小汽车进了村子，三爷爷就让小儿子点燃了一万响的鞭炮，还放了几支烟花，仿佛是迎接下来巡视的钦差一般。三爷爷的意思，是要告诉全村的人，当了大官的儿子回来过年啦。

三爷爷家因为有儿子的资助，钱就比较充裕，从苦日子过来后，对好日子就不太适应。三奶奶找人给打了两个巨大的金镯子戴着，逢人却说："没啥用，死沉死沉的。"三爷爷不爱穿戴，喜欢吃甜食，买了许多白糖放在柜子里，吃白米饭也要拌上些白糖。结果没几年就查出了糖尿病，后来越发严重，他不像爷爷和四爷爷瘸了一条腿，而是整个人瘫在了炕上。有一年过完年，我们去他家拜年，一进屋，看见他窝在一堆被子里，瞅见人就说："谁呀，谁来了？"三奶奶告诉他："你孙子，你那帮孙子们。"他挤挤眼睛，认出是我们，就咧开嘴哭起来："你三爷爷不行了呀，下不了炕了，瘫啦。"三奶奶训他："你哭啥，孙子来看你，你哭啥，跟孩子似的。"三爷爷抹了抹眼泪，逐个问孙子们有对象了没，有对象的有小孩了没。有人说还没有呀三爷爷，等着你给介绍一个呢。他就笑，说人我倒有，就是我介绍的你们看不上呀。才说完，又咧嘴哭起来："你三爷爷不行了呀，快完啦，喝不着你们喜酒啦。"我们便七嘴八舌地说："三爷爷且活呢。"三奶奶抓两把糖塞给我们，说去东屋吧。我们就推门，到另一个屋子，和三爷爷的儿女们嗑着瓜子，彼此问候着新年。

有一些年，三爷爷背着一个袋子，走街串巷卖菜籽，卖老鼠药。他和我们说，他药死的耗子成千上万。再后来年龄大了，他就改算卦，动不动就给人算一卦，天天拿着不知哪儿弄来的袁天罡和李淳风的《推背图》研究，然后告诉我们："你看你看，这都有定数的，某某坐完一帝，就是某某某坐帝，书上早就写了，跑不了。"发生家庭琐事，比如刚好我家的毛驴很晚没回来，他听说了，也要算一下，说："在西北方向，你们就往西北去找吧，准能找着。"没有人往西北去找，因为牲口从不往那边去。病倒前几年，他拎着一个小板凳，坐班车到林东镇汽车站前面的广场上，摆摊算卦。他也给我算过，说我是河柳木命，不能缺水云云，那时候我还小，是信的。

三爷爷的一生，除了老年病榻上的痛苦，大部分过得其实不错，他没怎么干过活，又走街串户，见识过许多人和事，后来儿子又争气，手里不缺钱花，而且脸上分外有光，算是村里最该心满意足的老人了。然而人总是人，摆脱不掉最后的命运，我始终忘不了他窝在炕上掉眼泪和哀叹的样子。但在农村，每年都有人如此，亲人们自有悲痛，时间久了却也不会整天忧虑，因为春天来了，田要种，夏天来了，草要拔，秋天来了，粮食要收，这大自然的规律，早已深入他们骨髓。

几个女人

二娘与堂姐

这里说的二娘，就是《三叔》那篇里给文迪打针的二大爷的老婆，也就是二爷爷的儿媳妇。堂姐，是她的大女儿。

二娘在村里也算是个人物，因为忽然有一天，她宣告说自己能“下神”了。那时我还小，住在爷爷奶奶家，奶奶因为哮喘和其他病，总是身体不适，常常卧在炕上几天不能下地。看了邻村大大小小的医生，总不见好转，二娘就拎着自己的烟袋说，大娘，我给你看看吧。家里人起初也并不信什么，姑且一试。

晚上黑了天，二娘来奶奶屋里，点着昏黄的煤油灯。二娘支使小姑去拿了一根筷子、一只碗，把桌子放在炕中间。二娘端坐在炕上，把碗扣在桌子上，拿起筷子说：“不要新的，要老的。”小姑就说：“是老的，用了好多年了。”二娘点点头，把已经磨得圆圆的筷子小头立在碗底，说：“站住，站住。”然后慢慢撒开手，那根黑黑的筷子竟然就立在光滑的碗底了。然后二娘就说：“快看看，快看看，是不是没影儿？”果然就没影子。

二娘让众人都不要出声，屋子里只听见奶奶呼哧呼哧的喘气声，过了大概一分钟，灯花啪地爆了一下，那根筷子开始倒向一方。二娘嗖地下地，到筷子倒的一方去，似乎在捕捉什么，嘴里念念叨叨：“回去吧，都回去吧，别折腾老太太了。知道你们不放心，都回去吧，家里好好的。”过一会儿回来，到奶奶耳边说：“大娘，没事了。”

之后到西屋，大伙都问二娘是怎么回事。二娘拿出烟袋，说等她歇歇，抽袋烟。她把烟笸箩抓过去，从里面捻出细细的烟末填在烟袋锅子里，摁瓷实了，划一根洋火，把烟袋点着，深深吸一口。灰色的烟从她嘴里吐出来，话也吐出来：“我大娘这不是病，是爷爷奶奶想家了，从那边回来看看。看看归看看，可大娘身子弱，经不住呀，就害病。我已经把爷爷奶奶送回去了。”然后二娘告诉父亲和三叔，让他们明天去买点上坟用的海纸，给我太爷爷太奶奶烧了去，老人估计也是没钱花了。“送回去是送回去了，可不能什么也不给拿呀，那边过日子也不易。”二娘补了一句。

第二日，父亲他们去上了坟。又过了几天，也不知道是哪味药起了作用，还是二娘的“法力”见了效，奶奶缓了过来，又能下地烧火做饭，能背着小孙子到街上遛弯了。

自此，在大家的半信半疑中，二娘也就小有神明，算作一号人物了。二娘的神通，也不见得总是灵，否则她不会被蛇咬一口。村子里一到秋天，都会去山上打羊草，草里常有各种蛇。二娘在打草的时候被蛇咬了一口，急急被送回家，村里的医生做了简单的处理，赶紧找车到林东去，开刀，往外挤黑血，一连挤了好些天，加上打针输液吃药，才算是把毒清理干净。后来，她又得了一次掉檐风，也就是中风，治了许久才好，但嘴却斜了。她本来就喜好抽烟袋，一边嘴斜了之后就把烟袋叼在那边，好像嘴斜全是烟袋压的。有人打趣她，没算到自己有此一难，她摆摆手：“医生治不了自己，算卦的也算不了自己。”

二娘的大女儿，读书比我早三年，小学时在父亲的班里，常被他用杨树条打，后来还埋怨父亲：“二叔，都怨你，念书的时候不狠点打我，狠点打我学习好，也考上学，不种地了。”父亲会笑着说：“打你们几下子还不乐意的，拿眼睛瞪我，还狠点打？”大姐念书并不是很好，但自有女孩子的刻苦用功，也曾奢想过通过读书摆脱面朝黄土背朝天的命运。我读初一，她读初三，初一放农忙假，初三补课，我却在村里的地头看见大姐在耪地。我问她怎么回来了，她说不念了，二娘不让她念。她是回来要补习费的，十几块钱的补习费，让二娘觉得读书是一个无底洞，多少钱也不够花，还觉着，姑娘家读得再好，将来嫁了人也就是别人家的人，亏。

几年后，我到镇子上的高中读书，大姐曾给我写信，诉说辍学务农的苦恼，我年纪也小，只能回信说："三百六十行，行行出状元。"这种听来的话，没想到大姐一直记得，后来在一起吃饭喝酒，有些醉意的时候，她便唤我的小名，谢我，说这句话是对她的安慰和鼓舞。

二姐也辍学，她们便同二娘家东院的一个沾着亲戚的兄弟到沙那水库打工。不管做什么，总算是离开了土地，且离开了家长的约束，有了难得的自由，她们开始显现出一种青年该有的活泼。偶尔回一次家，带回来些泡泡糖、面包类的东西给家人。这一段时间的大姐和二姐，似乎看到了某种朦胧的希望。村里有喜事，请人坐桌吃饭，她们渐渐被当成客对待，可以上桌子，和从前只能仰望的叔叔伯伯一起划拳斗酒。而且因为从来都不许她们喝酒，这一放开，就有点天生好酒量的意思，不久她们姐儿俩都有了点酒名。

大姐曾立誓要嫁到远处，离开这个山沟沟，后来经人介绍，她果然嫁给了一个远处的男人。大姐夫家在内蒙古集宁，离我们村几千里地，大姐十几岁就到草原上去放羊，一干就是七八年。大姐实现了嫁得远的誓言，却始终离不开这个小小的村庄，因为大姐夫家那儿，似乎比我们这儿还要穷困。大姐和大姐夫，便在村子里买了一处二手院子，定了居。好在经过若干年的风吹雨打，大姐夫练就了一身手艺，泥瓦活、木工活都能干，大姐的户口没有迁走，也就还有口粮田，两个人日子过得还算顺当。只是大姐夫爱喝酒，因为当年在草原上放羊，整日和蒙古族人喝酒，养成了习惯。一旦喝多醉了，便满村子串门，有人家的狗扑过来撕咬他，他竟然能捉住狗的两条前腿，对着龇牙咧嘴的恶犬嘿嘿笑。

大姐生了一个女儿，还在怀孕的时候就让我给小孩起名字。“你念书多，给起个好听的名字。”我在家里许多次受此重托，几乎是翻遍了手头的字典、词典，起了四五个名字给她。后来再回去，听见人们喊她女儿的名字，知道我挖空心思起的那些名字，都不入她的法眼。大概，我给亲戚们的孩子起的名字，一个都不曾被采纳。这些被父母给予了无限期待的孩子，只是叫了敏、峰、明之类的普通名字，当时我曾有挫败感，后来终于警觉到自己眼界的浅显。他们给孩子起名字，在某种程度上，就是在给自己的一生做规划或总结，孩子就是他们的天和地。

从女儿出生起，大姐已经给她规划好几十年的道路，上了幼儿园，她去接孩子，经常和老师讨论教育方法。

是的，大姐把所有的一切都倾注在女儿身上了，几乎所有的农村人都是如此。我能理解这些，我也悲哀这些，我甚至无法确切地说出，他们有没有实实在在地为自己活过。结婚之前，他们是父母的延续；结婚之后，他们又把自己的整个生命投注到儿女身上。他们也想为自己活，但现在的生活不给这个机会，因为他们绝不能接受儿女再重复他们的人生。那好吧，就把最好的衣服、食物给他们，期望他们好好读书，将来走过这艰险的独木桥，改变自己的命运。

小姑

我和弟弟五岁之前，多是住在爷爷奶奶那儿，那时小姑才十几岁。小姑和一个叫凤英的表姐一起读初中，中学的日子极苦，有人去乡里看自己的孩子，小姑让人捎话，说不想念书了。爷爷听了，说不念就不念吧，赶着骡子车，跑了四十多里路把她给接了回来。凤英却一直坚持念书，考高中不中，复读，高中考大学不中，连年复读，终于考到了呼市去，毕业后成了国家正式职工，住上了楼房。每每说起这个，小姑都后悔至极，埋怨爷爷过去把她接了回来。

辍学后，小姑在家里烦躁郁闷，幻想着过不一样的生活，我和弟弟两个不大的孩子总在眼前晃来晃去，她不开心时，就会呲我们一顿，或者让我们到院子里罚站。但有时候，小姑又同我们玩得很好，比如她幻想自己是舞蹈演员，就在墙头、炕沿上压腿，也指导我们压，引为同类。听了收音机里的音乐，她也幻想自己是个歌手，用一块木头做吉他，最终只做出了一个吉他形状的东西，很快变成了烧柴，填了灶膛。跟着家人种了几年地，她实在熬不住，求了爷爷好些天，终于跟着大姑父去了北京打工。几个月之后就回家里，她说在饭馆里洗碗，活累钱少，还被人瞧不起。此后，她再也不想外面的世界，老老实实接受了自己做农民的命运。

如果说小姑还有过另一次小小的抗争，那一定是连她自己都忘记了的一份爱情，或者根本不算爱情，而只是我天真的虚构。我记不清哪一年，总之是夏末秋初的时候，二爷爷家来了一家很远的亲戚，是弹棉花的。他们在二爷爷家的仓房里支起弓子，嘭嘭嘭地整夜整夜弹棉花。村子里的妇女们连忙把盖了许多年的被子拆洗，将已经发黑发硬的棉被芯拿去，让弹棉花的人把棉絮重新弹到松软。这一家里，有一个小伙子，很高的个头，头发略略有些卷，因为走南闯北见识过许多的事情和场面，说话办事也都带着一些与众不同的气息。小姑和他两个，渐渐互相有了好感。

有个晚上，十五瓦的灯泡周围盘旋着许多小蚊虫，小姑和这个小伙子一个坐在爷爷家的炕头，一个坐在炕梢，有一搭没一搭地聊天。我同几个弟弟在炕上，玩一副几乎烂掉的扑克，小姑几次柔声细语地和我们说："你们去外面玩吧，外面凉快。"我和弟弟们叫嚷着，说外面黑，没有灯。过一会儿，小姑又让我们去西屋玩，我们也没有理睬。又过了一会儿，小伙子站起来走了，小姑把他送出门，回来后冲我们发火："这群破孩子，整天在这干啥？自己又不是没有家。"可她的愤怒很快便成了伤心，我们知道无意中闯了祸，赶紧作鸟兽散了。出门的时候，我看见小姑趴在了炕梢的枕头上。也许，她哭了。

没过几天，村子里该弹的棉花全都弹完了，这家人收拾家伙什，往另外一个地方去了。小姑和这个小伙子，再也没见过面。若干年后，我谈起恋爱，通晓了一个青年的心思，才发觉当时我们这群孩子，给小姑留下了多么大的遗憾。或许，她并没想过要嫁给这个流浪的手艺人，而只是觉得他和村里的小伙子是不同的，只是想同他畅快地谈一次心。又或许，她也谋划过同这个可人的青年一起走掉，不再缠绕在老家的土地上。这种懵懂而朦胧的情感，是她一生中仅有的浪漫机会。虽然这浪漫如昙花般转瞬即逝，留下模糊而略带遗憾的忧伤，却有种更美好的东西就此深藏在小姑的心底了。仅凭这短暂的回忆，就足能抵挡随后漫长的烦躁生活。她年轻过，她爱过，这比什么都重要。

小姑谈了别人介绍的对象，她和对象去乡里置办结婚的东西，特意到中学去找我，还悄悄问我这个对象怎么样。我说，嗯，看起来挺好。小姑很快结了婚，生了孩子，身材发胖，性情变得越来越温顺，除了和最熟的几个人之外，很少说话，总是无声地微笑着。我和弟弟骑着摩托车去给她拜年，她就把家里最好的东西拿出来给我们吃。我和她开玩笑，说："小姑，小时候你老打我们，现在把好东西都给我们吃啊。"小姑就会开心地笑，说："谁让你们那时候气人呢。"

她大概已经不记得自己当时为何会容易生气了吧，她的人生，都被种田、养猪、喂鸡、做饭、伺候丈夫和儿女占得满满当当，不再有个人的空隙，没有这个空隙，也就不再有气了。她的人生，悲哀而又幸运地融进了一个庞大无比的系统之中，缓缓地、无意识地转动着。

写到这里，我想起《昨天今天明天》那个小品，这个有名的小品，人们执着地为里面的包袱捧腹大笑，却不知最有价值的是一句普通的话："昨天坐火车来的，今天录节目，明天回去。"对农民来说，过去、现在和未来不是他们意识中的概念，昨天、今天、明天作为过去、现在和未来的隐喻就更毫无意义。在农村，时间和空间是一枚硬币的两面，日子循环往复，犹如一条田垄掉过头来是另一条田垄，犹如耕种完了收割，收割完了继续耕种，犹如一代人总是沿着上一代人的足迹过完一生。在那些实实在在的劳作和无形的命运中，有一个巨大的齿轮循环往复地转动着，无论是母亲、二娘、大姐还是小姑，她们就生活在这样的运转中，既是它的润滑剂，又被它一点点地碾碎。

2013 年 7 月，我在六里桥长途汽车站接到小姑和表妹，她们是来看病的。因为遗传的关系，表妹患有先天性心脏病，此前一直不知道，直到初中的一次例行体检，大夫告诉她有问题。2012 年冬天，就快放寒假了，小姑夫曾带表妹来过一次北京，在一个医院里，大夫说要做手术，那时候马上要过年了，而且小姑夫照顾表妹也不方便，更重要的是，当时我们都以为是那种开刀手术，只好回去，等着来年暑假。

我提前给表妹预约了最好的阜外心血管医院的专家号，她们这次来，就是要做手术的，小姑一个人带着表妹来北京了。其实，在十几年前，小姑曾来过北京打工，待了两个月，回去了。这一次谈起才知道，小姑到的北京，并不是北京，而是河北，离北京城还差一百多里地呢。

在医院里，我不能每天都陪她们，好多事情，都需要几乎从不出远门的小姑自己来办，但后来她也都办得妥当。她说："假如我没你这个侄子在北京，这病也得看呀。"确是这么个道理，她看透了这道理，因而在担心和恐惧之外，反而多了一种笃定。农民的笃定，多来自没有其他选择，只有这"华山一条路"，那就放开胆子往前走吧。有时候，他们的一生，也是如此。幸好，这条路上也并非只有劳作和辛苦，小姑少年时的音乐梦，对远方的试探，她短暂而朦胧的爱情，或者看着儿女们逐渐长大的希望，都是她珍视的最美风景。她努力赶路，并留恋、陶醉其中。

东邻西邻

东邻

爷爷有三个姐姐，其中的老二和老三，我们这辈人叫二姑奶奶和三姑奶奶。

在陆陆续续写老家的文字时，家族的一些事情渐渐清晰，当年太爷爷领着孙男娣女迁徙到这儿，是一个偶然的原因。前几天，我才从家里人那儿确证，当年太爷爷儿女多，养活不得，便把二姑奶奶送了人，收养的人家跑到了内蒙古北部。过了一些年，太爷爷突然很想念这个女儿，又赶上不太平的年月，就带着全家到内蒙古来，要看看这个送人的女娃。本来抱的希望也不大，千里迢迢，兵荒马乱，竟然真的寻着了。别无他处可去，也就在这个山沟里安了家。

二姑奶奶长大，嫁给了村里姓韩的人家，生了三个儿子，还是养活不得，二儿子过继给村里另一家姓韩的，也沾着亲戚的。这个二儿子比父亲他们都要年长，我们都叫二大爷。而三姑奶奶嫁给了村里姓邢的人家，生儿育女，她的三女儿，我们叫三姑。

这一位三姑和这一位二大爷，都年龄老大，家里困难，谈不上对象，成不了家，后来有好事的人撮合，他俩结了婚。按说，他俩在血缘上完全没有出五服，属于表兄妹，是近亲结婚。但在那个年月，这种表亲结合还属于见怪不怪，也是一种无奈的内部消化。农村也流传着这样一句俗语："姑表亲不是亲，打断骨头连着筋。"这两人先在村子北面盖起了土坯房子，围起矮小的院墙，生了一个女儿，叫团结；一个儿子，叫秋生，好在儿女都还健康，虽然头脑比起别的孩子略有些木。后来我父母成亲，爷爷给他们盖的房子，就在三姑和二大爷家的西侧，他们成了我家的东邻。

我四五岁的时候，突然有一天发现这家邻居的不一般，他们的家庭关系令我迷惑，就问母亲："为啥前院的叫二大爷二娘、三叔三婶，东院咋就又是三姑又是二大爷呢?"母亲告诉我他们前述的关系，本来按农村习俗，对这种和夫妻双方都沾亲带故的家庭，称呼上以关系最近的为准，可三姑二大爷分别是两个亲姑奶奶的儿女，两方一样近，大人们也难处理，便让小孩子原来怎么叫现在还怎么叫。

三姑和二大爷，却都是村里的奇人，分别有外号：赤脚大仙、腾格尔。

三姑自学了一手缝纫技术，家里有当时还很难见的缝纫机，她闲时就做点缝纫，也能赚几块手工钱。我小时候的许多衣服、书包，都是三姑剪裁缝补的。每到腊月，母亲去乡里送公粮的时候，总会扯回几尺布料，带我和弟弟到东院三姑家大致量量腰围尺寸，请三姑给我们做一件衣服。不知为何，三姑家总是显得比别家要黑许多，一样的窗子门，一样的房梁，她家里却始终黑洞洞的，像个土窑。三姑的缝纫机摆在东屋一进门对面的墙边，炕梢堆着一垛本来五颜六色但现在已经完全分不出颜色的被褥。三姑是个懒人，很少收拾屋子，也因为这个，她家的饭点总是比别家晚好多，似乎不管我们七点去、八点去还是九点去，他们都刚好在吃早饭。他们一家人都头发蓬乱，坐在炕上端着碗扒拉小米干饭，见我们进屋，便招呼着给我们盛饭。我们摆手，说吃过了，他们就转过头，继续吃自己的饭。我坐在炕沿上，看见三姑的缝纫机面上堆着许多布料，剪裁的各种半片裤腿、半片袖子，零零散散。

三姑吃罢了早饭，从墙缝里掏出一卷米尺，上上下下量我们的身高腰围，嘴里念念叨叨，伸手从火盆里捻出一截熄火的黑木炭，随手就把各种尺寸记在她家的墙上。三姑说："料子放着吧，过两天来拿。"她的活儿一拖再拖，过了一个两天又一个两天，几乎都到了年二十九，甚至是年三十午饭前，她才终于把衣服做好。三姑不急不忙的样子，总是让我们这些等着穿新衣服的小孩心焦。但是她的手艺真是很好，甚至有一年，她仿照着一件别人的衣服，给我缝制了一件西装，我穿在身上，别人还都以为是买的。三姑喜欢看见自己的作品穿在孩子们身上的样子，那时候，她会笑，笑得红黑的脸发出光来。

因为生活的艰难和烦躁，三姑逐渐变成了一个消极的人，她几乎十天半月不梳头洗脸，也不收拾屋子，自己的儿女们也不管，一任他俩邋里邋遢，每天冒着鼻涕泡。再到后来，三姑连鞋也不穿了，她说买一双新鞋费好多钱，做一双又费好多力气，且几个月就穿坏，不如光着脚省事。她在村里满是石块、猪粪、短树枝的路上走，全是光着脚板，时间一久，她的脚底长满厚厚的老茧，几乎刀枪不入。甚至秋天去割麦子割大豆，她都可以不穿鞋，光脚在尖尖的麦茬上步履如飞。于是三姑就有了"赤脚大仙"的外号。她的这"脚"绝活，让我和同我差不多大的孩子羡慕不已。因为总是穿纳底布鞋，因为小孩子长得快，因为喜欢踢踢踏踏跑来跑去疯玩，我们脚上的鞋子总是过不了多久就会磨出洞，露出不甘寂寞的大拇哥二拇指。这时候，就会遭到母亲的责怪："每天瞎跑什么，这鞋才穿上几天就露脚指头了。"我们都想，如果练就赤脚大仙的一"脚"绝活，能省多少双鞋啊。为了这个，我也尝试光着脚板在院子里走，可每一步都得轻轻下脚，小心翼翼地挪动，从屋门口走到院门口，也要十几分钟，哪里能像赤脚大仙那样行走自如呢！后来自然放弃，而且心里认定赤脚大仙与常人不同，可能确实有点"仙气"。

三姑是个守财奴，二大爷从外面干活赚的所有钱，都攥在她手里。二大爷为了从她手里讨酒钱，常揍她一顿，可她死活还是一分钱不给他。后来二大爷听了别人的主意，赚到的钱自己私留了些，可这逃不出三姑的手掌心。她会等到大半夜一家人都熟睡，窸窸窣窣地把二大爷所有的衣兜摸一遍，把钱都抠出来。等三姑的女儿团结长大了，外出打工，三姑的主要工作就变成和女儿斗争，想办法从女儿那里抠出钱来。

三姑掌管着一家的财政，却很少给家里添置什么，她就是喜欢把钱攥在自己手里。她在家里的任何地方藏钱，扣箱里、糊墙纸里、鞋洞里。有一回母亲去她家说裁衣服的事，顺手从缝纫机上拎起一块布料比画大小，就掉下一张五十元的票子来。又一次，我们看见三姑坐在门口的石台上大声咒骂，语速极快，也听不清骂的是什么，便估计她又和二大爷打架，或者团结、秋生惹她生气了。后来却发现不是，三姑在一个布口袋包了将近两千块钱，埋在自己家装粮食的箱子里，等过了几年她再掏出来，那一沓钱已经被耗子啃成碎片，她一抖就飞得到处都是了。三姑是在咒骂那些啃了她钱的耗子，可耗子躲在洞里不见她，也听不懂，等夜深人静的时候，照样溜出来搬运粮食。村里人都笑话她有钱不花，糟了白瞎，她仍气狠狠地说："谁知道呢？这些耗子，不得好死呀。"这些耗子确实没得好死，钱被啃了之后不久，三姑就到兽医那儿买了一包老鼠药，屋子的各个旮旯都撒遍。那一段，他们家后面的园子里，隔三岔五就能看到一只肥大的死耗子。我们猜想，三姑之所以舍得花钱买耗子药，并不是她恨耗子到什么地步，而是因为她还藏着很多钱，怕那些钱也被耗子啃了。我现在能理解，她所做的一切，都是为了把日子过好，把日子过得安稳。我再也没有机会穿她做的衣服了，但永远不会忘记她在我少年时代给我和我的兄弟姐妹们带来的美好记忆：是她的巧手，装点了我们的童年。

二大爷头发、胡子蓬乱，又爱唱蒙古歌，村里人就都叫他"腾格尔"。他是个一米八几的大高个，很瘦，但骨架巨大，像是从课本里走出来的原始人。他有一双大脚，穿鞋要四十七八号，总是买不到合适的鞋子。每次去乡里，他都得托人给进特大号的鞋。

我们成了邻居后几年，两家园子中间的隔墙被雨水泡塌了，二大爷和父亲商量重新起墙。因为父亲每天要去学校上班，两人便约定，由我们家准备垒地基的石头，二大爷垛墙。父亲请了三叔、四叔和村里其他几个人，到南山的石崖上，用炸药炸出许多大大小小的石块，套上车一点一点拉回来，堆在园子里。再过了一场雨之后，二大爷高大的身影就出现在那儿，他干活极快，迅速地挖好垒石头的沟槽，然后把石头砌进去。这是他拿手的活计。我常过去，帮他搬搬小一点的石块，打打下手。等他垒完两尺多高的石头地基，我总会感到不可思议，似乎成百上千块石头都按照尺寸、形状、大小提前准备好了，每一块放在哪儿，挨着哪一块，都有着规划，移动一块而不能。我心里觉得好奇，曾偷偷把几块石头挪了位置，但过不了多久，他干着别的活，偶然看一眼地基，走过来这儿挪一点，那儿垫一下，把我动过的地方几乎恢复到原样。

他这副好身板，干活也并不总是有优势，每年夏季薅草，或者秋天割大豆，都是他的苦差。薅草时，庄稼才不过五六寸高，而他将近一米九的个子，即便是蹲下，腰还是要弯成好大一个弯，头压得低低的，像一只巨大的煮熟的虾。等两个儿女稍大，他便不太参与薅草，但秋天割大豆却不能不去，豆子熟了，秋老虎还厉害，晚割一天，就会有好多豆荚裂开，豆子落到土里。二大爷的腰实在弯不动了，他想了个招，从家里找两块羊羔皮，绑在膝盖上，跪在大豆垄里，一点一点挪着往前割。我和许多孩子拎着小筐在收完的田里捡被丢弃的豆荚，看见他跪着从地这头到地那头，好像一个没有双腿的人。我总是心生一种当时还不了解的情感，大概掺杂着同情和悲悯，心里想："二大爷，你说你长那么高干吗？"有一次他对我说，庄稼是好东西，跪着伺候它，它才能在秋天多打粮食。我终于明白，他跪着去割豆子，不光是因为个子高，还因为他从心里对自己所从事的农事有着特殊的敬重。这点敬重，并非人人都有。

有几年，他常在蒙古族人那儿打工，给他们放马、打草，渐渐学会了蒙古语。他自己也养马，他的马个个脾气暴躁，喜欢踢人，除了他没人能使得惯。他发了酒疯，或不顺心的时候，常常拿自己的马来出气，但他的马却总和他极为亲昵。二大爷是个彻头彻尾的酒鬼，不干活的时候，几乎每天都喝酒。总是在我们吃完饭的时候，他拎着从供销社赊来的半瓶子散白酒敲我家大门："刘真海，刘真海，来喝点。"一开始，父亲会把他让进院子，进屋，他们两个就着萝卜白菜把酒喝掉。喝了一会儿，父亲也醉了，叫嚷着把家里的酒拿上来，再喝掉。二大爷酒量大，父亲醉糊涂之后，他还能摇摇晃晃地走出去，回到东院。几分钟后，就能听见他和三姑两个对骂的声音、摔东西的声音。第二天，三姑会鼻青脸肿地到我家里，跟父亲说："明天他再来喝酒，你别和他喝，喝完了回去就闹事。"后来再听见他摇晃大门，母亲就会走出去，说父亲不在家，二大爷听完，摇摇晃晃地走了。他不在我家喝，却还是会到其他人家，全村男人在他蒙眬的眼里，都是酒友。他甚至能在大街上跟一头睡着的猪喝上半瓶。等到家家都知道他耍酒疯，便人人都不爱理他。许许多多个傍晚，他都一个人攥着酒瓶子在大街上晃荡，喝着喝着就睡在大街上了。村人看见，就到他家里去喊团结和秋生把他接回去，姐弟俩费劲地把他拖回去，拖回去他却醒了，又开始乒乒乓乓打起来。

有时候，秋生跳过院墙来我家："二叔，快去帮忙，我爸掉井里了。"村里许多人家的洋井，会挖一个方三四平方米、深四五米的井窖，冬天天冷井管冻的时候，可以下去生火烤化。二大爷掉在里面。邻居们七手八脚地把他拉上来，他嘴里还喊着："喝，喝呀，干了它。"身上并不见一点伤。仅我知道的，他就掉到井里三次。人们也常说，看他每天耍酒疯，其实他心里很清醒，他从来都知道会有人来救他。或者不如说，他之所以要把自己喝醉，就是为了通过这种方式把人聚拢起来，从而感到一种安全和暖意。

我常在村里路上碰见他醉酒，看见我，他却一点都不疯，拍着地，喊着我的小名说："你好好念书，别学二大爷，二大爷完了，啥也不是。"我说："二大爷，你快回去吧。"他大手一挥："你别管我，你好好念书哇。"我心里害怕，就走了。很快从身后传来悲怆的歌声，二大爷唱起了我听不懂的蒙古语歌。虽然一个字也听不明白，可他的歌声总让我眼睛发酸。后来我听过的任何歌，都没有他醉酒后唱得那么悲伤，我感觉他的整个胸腔像个巨大的共鸣器，嗡嗡嗡地发出让人想掉眼泪的声音。我当时并不明白，这个人为什么要这样活着，他的歌为什么听得人难受，等我成年了，自己也渐渐尝到人生的种种滋味，才稍稍知道，他心里一定有不为人知的苦楚。即便如此，我还是难以想明白，他有家有业，生活过得去，到底是什么东西在他心里钉着，让他痛苦地醉和唱。我猜测他有过自己的梦想，他忍受不了被村里人较为麻木的不被理解。于是我晓得了，有饭吃，有房屋遮风挡雨，并不够，每个人的心里都还有着其他的渴求。在读书的十几年岁月里，无数人鼓励过我，但我现在能记清的，只有醉酒的他所说的话：你好好念书……

他唯一的伙伴就是马，虽然他喝醉酒的时候也常常抽打自己的马，但这些牲口却总是对他忠诚而有情义。许多个冬天，他在蒙古族人那儿喝多了酒，骑着马往回走，半路掉下来，躺在冰冻的地上睡死过去。他的马总是卧在他身边，给他挡着风雪，用自己的体温保护他不至于冻死。第二天早晨，二大爷醒过来，看见马鬃上挂了冰碴，就抱着马脖子呜呜哭两声，然后起身，骑着马回家了。

马是他的宽慰，也成了他的索命鬼，他的人生被一次意外事故彻底改变了。我听到的版本是，某年冬天，他喝醉了酒赶着马车拉东西，结果自己不知为何倒在了车前，受惊的牲口拉着车从他的身体上碾压了过去。等到有人发现，把他送到医院，医生检查后发现，车轮轧坏了他的脊椎，他的下半身彻底瘫痪，再也不能站起来。惨剧发生后，三姑并没有呼天抢地地悲伤，只是诅咒般地说："活该，活该，让他天天喝大酒，这回看他还喝不喝。"除此之外，还能怎样呢？

这时候，因为秋生结了婚，房子留给了儿子和媳妇，三姑和二大爷搬到我们家西院对面的一户人家里。二大爷大小便都难以自理，身体恶臭，他就住在一间仓房里，过了几个月，觉得好没意思，就不想再活了。女儿团结从婆家回来，去给他送饭，他就用棍子把她打出去，把饭碗打碎。过了十多天，他就这样把自己饿死了。

二大爷死后很久，我放假回家，才听说这些事情。我想起他拍着地和我说："你好好念书，别学我。"也想起他跪在田里干活的样子，还想起，每到过年的时候，他都到我家把我用完的作业本要去，用来卷旱烟抽，还笑着说：“一辈子不识字，抽你这个作业本，也算是喝墨水了。”我记得的这些他活着时的事使我知道，村人们的日子并不只有一种缺吃少喝的苦，也还有别的，他们辛苦地种着土地，可心里的那块田，却什么也不长，只是干裂、粗粝，磨他们自己的胸膛。

然而他永远是我记忆中的“腾格尔”，骑着高头大马，唱着蒙古长调，歌声在空旷的大地上流淌。我曾设想过，以他的人生写一篇小说，人人都说这是绝好的素材，可我又总觉得，写得再好，也不能缓解他的任何痛苦。现在我记下这些，与其说是为他最后的绝望，不如说是为我仍活着的希望。从根本上讲，谁也不能代替谁活着，但人之所以为人，互相引为同类，不就是因为我们在苦难面前毫无差别吗？即便我们卑微如草芥，如兔如狐，也还是风吹草同低，也还有着兔死狐悲的伤感。

西邻

相比东邻，西邻一家的故事要平淡许多。

西邻一家人姓孙，和我家交往不多。男人叫孙义，比父亲略小，家里的小孩也比我小许多，是两个儿子，大儿子叫小强。小强长到十一二岁的时候，他母亲突然又生了个小儿子，不知家里是怎么想的，给取个小名叫二蛋。意思是第二个带蛋的，还是有两个蛋，不得而知。即便是农村，他也是小孩子里唯一一个名字里有“蛋”字的小家伙。孙姓在村里也算是大姓，人口也较兴旺。孙家有个老爷子，叫孙占虎，也就是西院孙义的父亲。

孙占虎戴着一副老花镜，背着小孙子二蛋，在大街上碰见我，总站住说：“这村里，就看你们老刘家和我们老孙家了。”至于看什么，我也不甚清楚，大概是我们家族里自我之后几个兄弟陆续都念了大学，而他二儿子的老大也上了大学，老二学习成绩也还不错。他还会骂背上背着的二蛋和他哥哥：“他们哥儿俩就不行，念书不好。”二蛋就偷偷地把鼻涕抹在他爷爷背上。

孙占虎还有个小儿子，一直打光棍儿，人有些头脑简单，只知道做活儿。小儿子打光棍儿到四十几岁，孙占虎觉得不行了，刚好村里跑来一个逃荒的妇女，带着两个女儿，找人说了说，嫁给了他小儿子。这事让孙义不太高兴，他说光棍儿都打了这么多年了，还结个什么婚，累死累活不都是为别人的种忙活了吗？孙占虎就骂他饱汉子不知饿汉子饥。

孙义两口子很能干，种地也是一把好手，渐渐存了些钱。一九九几年的时候，牛羊渐渐值钱许多，他把积攒了十几年的积蓄，都买了羊，再大生小，小长大，竟有两百多只。小强在初中读书，成绩很差，孙义就把他叫回来当了自家的羊倌。

放了三年羊，小强过了十八岁，孙义张罗着给他说媳妇。媳妇说成了，是下边沙那水库那边的人，到他家来住，不做饭不洗碗。西院孙义老婆到我家来借筛面的箩，和母亲发牢骚：“啥饭也不会做，就会吃，吃完一抹嘴。”很是不满。但小强对象也不满，媒人给介绍的时候，早定下了结婚一年内得有三间新砖房，孙义也答应，可等领了证，就说这一百多只羊卖了亏，房子先不着急盖，有这么多家底怕啥？小强媳妇心里不畅，正在忙着薅草的时候，自己坐班车悄悄回了娘家。小强在坝后放羊回不来，只能孙义媳妇去请，却请不回来，说不盖房子就离婚，不回来了。

孙义低头了，羊还是不舍得卖，东拼西凑借了钱，买砖买瓦，南梁上放炮起石头，找人帮忙请工匠，花了两年时间，终于盖起了房坯子。小强媳妇知道家里动工，坐着车回来，此后就当了家，孙义和老婆都小心翼翼的。

新房盖起，立在我家院子西边，却一直没装修。隔不过一年，孙义跑到黑龙江去种土豆，没几年把羊都卖了，一家人搬到黑龙江去了。下一次我再回家，西邻换了人，村里另一户住了二十多年仓房的人家买了他的房子，装修好，住了进去。孙占虎很不服，气鼓鼓地说：“孙义这傻子，自己费劲盖的新房子，自己一天没住上，让人家捡了便宜。”

表弟

表弟是大舅的大儿子，与我同年，但生日比我晚一百天。他曾经是农村孩子中的另类，但后来却渐渐成了某种人生的代表。然而，如果现在去回溯他与我同时走过的道路，就会发现用一个词来形容他再贴切不过——折腾。三十多年来，表弟一直处在折腾和被人折腾的循环中，像风里的秋千，不停地从一端荡向另一端，等到外面风停雨歇时，他自己已经习惯了这种飘荡。

表弟自小顽劣，这对于一个男孩子来说，没什么大不了，甚至可以被看作某种优点。在农村，没人喜欢一个蔫头耷拉脑袋的男孩子，因为这缺乏男子汉气概——他们生下来就是要承担生活艰辛的。但表弟的顽皮，常常超出了家里可容忍的范围。比如他还在七八岁的时候，就带着伙伴下河洗澡，家里愤怒的主要原因并不是他下河，而是他带着别的孩子下河，这有可能让这些孩子溺亡。诸如此类的事情，一直伴随着他。

因为我和表弟同庚，父亲与大舅便常常拿我们来作对比，有意思的是，这种对比并非仅仅针对学习成绩的好坏，我们还是他们两种教育方式的试验田，是两个农村男人对自己和儿子未来人生的某种规划。大舅到我家时，母亲摆上咸菜，那时他和父亲都是各自村里有名的酒鬼，酒鬼与酒鬼，姐夫和小舅子，常常喝得烂醉。在酒桌上，两个人吹胡子瞪眼，大舅说："棍棒底下出孝子，我儿子，一定得打，不打不成器。"父亲则说："我不打，我要教育。"父亲自然也打过我几次，但从未像大舅那样把暴力当作最主要的教育方式，某种程度上，我必须要感谢大舅，是他把父亲固定在了对立面，让我免受了许多皮肉之苦。那天晚上，是一个没有月亮的漆黑夜晚，大舅喝多了，执意要骑自行车回二十里外的家，父母无论如何劝不住，只能由他。半个小时后，村东的赤脚医生找来，说大舅把车骑到村口的大沟里了。父母赶紧随医生去看，大舅满脸是血，嘴唇里全是沙子，所幸并没有大伤。赤脚医生用酒把他嘴唇里的沙子洗掉，缝了七八针。

这之后不久，我们从姥姥那儿听说，大舅果然狠狠地揍了表弟。所谓狠，就是把他吊在树上，用鞭子抽。事实上，那一次表弟并没有犯什么大错，他只是成了自己父亲教育理念的牺牲品。但那次抽打，却在很大程度上强化了表弟的逆反心理，他已经把自己定格在一个叛逆的孩子的位置上。他的耳朵里有着无形的塞子，再听不进任何人的话。初中阶段，他比我低一届，几乎就是学校里的混混，每天逃课，用粮票换了挂面在宿舍里煮着吃，或者请同学去吃豆腐脑、油条。那年夏天，大舅和舅妈在田里干活，他从学校跑了回去，街上有人收狗，他就把自家养了好几年的大黄狗以五十块钱卖掉，然后和父母说狗丢了。结果事情败露，他吓破了胆，以为这回要被狠狠收拾一顿了。但这次大舅却没有打他，大概已经晓得暴力改变不了什么，大舅已经做好了另一种计划。

那几年，羊绒羊毛很值钱，大舅一直盘算着靠羊的繁殖来发家致富。他终于有了一个两全之策。大舅拿出全部积蓄和从亲戚家借来的钱，买了一百多只羊，然后让表弟退学，逼着他当了羊倌。最开始，表弟显得很兴奋，他终于可以不用坐到课堂里，而是能自由自在地在山野中了。如此大的一群羊，在家里是很难养住的，大舅把羊群和表弟带到了坝后的草原上，陪他在那儿待了几个月，教给他应对各种情况的办法，就把表弟一个人留在那儿了。每过一段时间，大舅会亲自或托人给他捎去一些蔬菜和粮食。

表弟在草原放了六年羊，那儿除了羊群和两条狗，有的只是狼和空寂，几个月都见不到一个人。他的孤独是我无法想象的，每一天都只有他一个人，用泉水烧饭，吃咸菜，把羊赶出去，把羊赶回来，给羊羔接生，给死掉的羊剥皮剔肉，在漆黑的夜里听狼嚎，经受一会儿雨一会儿雪的天气，独自承受病痛……他像一个现代鲁滨孙一样，生活在草原和群山之间。

这六年的生活，让他变成了一个再也无法承受半点孤独的人，他几乎随时随地都要和人说话，都要跑来跑去，都要用种种行为来证实自己同别人的关系。后来，表弟和我说："大哥，你不知道好几个月不说一句话的感觉，你真的不知道。如果偶尔在山路上碰到一个人，就会拉住他，不停地说，不停地说，恨不得把那个人绑起来带回去。"我无法体会那种感觉，但我去过草原，深知它的辽阔和深远，一个人在那儿实在太渺小了。六年的时间，草原对他来说不具有任何美感，那是一个没有围墙的、巨大的牢笼，表弟并不比刚刚出生的羔羊强什么。

对此，大舅早已经有了他的考量，他似乎知道表弟被关久了，一旦放出来，就可能变成一个四处游荡、居无定所的家伙。大舅要找个可靠的东西拴住他，那只能是婚姻，农村人一直认为娶个老婆是让男人收心守家的不二法宝。大舅开始找四邻八村的人们给表弟介绍对象。因为大舅家在村里一直是能干的人，也因为他家有近五百只羊，表弟显示出了很好的条件。最后，有人介绍了和大舅家只有几里路的村子的一个女孩子，表弟被老舅从坝后替回来，相亲，很快订婚，并在春节前迅速完婚。表弟的人生彻底被固定了坐标，他一下子从一个孤独的羊倌，变成了一个家庭里的男人。

表弟结婚之后，大舅把羊全部卖掉，带着表弟到他大舅子家的工厂里打工，地点在北京的郊区。表弟很快成了厂子里的司机，每天凌晨三点左右起床，开着货车在路拥堵之前把货物送到北京城的各个印刷厂，他们是做塑封胶的。表弟每天握方向盘的时间超过十个小时，这种生活他又过了六年，这与在草原上孤独地放羊是两个极端：过去，天高地广只有他一个人；现在，他必须日夜穿梭于人口、车辆密度极大的北京城，和各种各样的人打交道，从空旷跳跃到拥挤，从孤独跳跃到繁杂。

大二的时候，我去厂子那儿看他们，和他同住在工厂宿舍里。印象中，我们谈了很多，大概说起了各自的苦恼和困惑。尽管厂里的工人都是老家的亲戚，他却很少同他们交流。青年人常常都是如此，越是亲近的人，越是难以互相倾诉。大概，他觉得我这个表哥是同龄人，又读了大学，更容易体会他的感受。然而，那时我带着学生式的迟钝，并没注意他对自己的生活究竟是一种什么态度，更没想过去关心他的想法。他是表弟，我是表哥，仅此而已。

表弟花钱比较大手大脚，经常买衣服，但很多穿都不穿。

那次回来之前，舅妈把表弟买了没怎么穿的衣服，找了好几件给我，我穿了好几年。舅妈在厂子里负责伙食，做的都是家乡菜，他们还经常从老家带来整只羊、小笨鸡、土鸡蛋以及各种自家田里种的粮食，伙食很好。但表弟却并不经常在厂子里吃饭，他常常开着车行驶在路上，看到麦当劳或肯德基，就停下车，跑到里面大吃一顿。表弟三天两头就换手机，既拿自己的手机和别人的换，也用新的换旧的，他似乎时刻需要某种新鲜感。应该是2005年，他突然给我打电话说："大哥，你认识中关村的人不?""干什么?""我要买一款游戏机，太没意思了。"我当然并不认识中关村的什么人，甚至到那时为止才去过一次，但表弟觉得我应该对哪儿都熟悉才是。他从郊区打车过来，花了两百多块钱，我只能和他一起去中关村瞎逛，买游戏机。他拿起一款，弄两下，抬头问我："这个怎么样?""挺好的。"我说，其实我一窍不通，连名字都叫不上来。"我也觉得不错。"他说，然后就掏钱，我想阻止都来不及。过了一周，他又打电话："大哥，我在中关村呢，游戏机有点问题，我过来修修。"我说："好啊，完事给我打电话。"之后也没有接到他的电话。2006年，他跑到学校，让我带他去中关村买数码相机，我又被赶鸭子上架，和他在那儿转了半天，他挑了一款索尼相机。从海龙大厦出来，满世界的阳光，马路上车流如蚂蚁，汽笛声盖过所有。这路我经常走，表弟说：“我们和清华大学出版社有合作，经常从这给他们送货。”

他结婚不久就有了孩子。在他舅舅的厂子里收入不错，大舅他们一家搬到了镇子上，生活似乎向着某种既定且稳定的道路蔓延过去。但在有限的几次交流中，我知道，表弟一直在蠢蠢欲动，他总想随着自己的意愿去干那件事，而且干成某件事。有一次，他发短信给我，让我在网上给他查查某种材料的市场怎么样。我不能拒绝，只好在网上找了找，然后告诉他不多的情况。他说他想去沈阳发展。我问他这事靠谱吗，他说：“你不是查了吗？市场还不错。”我劝他慎重。大概是确实没有信息，这件事便不了了之了。他还一直梦想着在老家的林东镇开一个饭馆，当老板，可以把各种朋友召集到饭馆里喝通宵。后来家人都劝他，开饭馆太麻烦了，他又打消了这个念头。

他永远无法当一个安静的人了，他必须时时刻刻在动，在路上——这不是哲学和诗意，是现实。每年春节回家，大概半个月的假期，他在家里陪父母老婆孩子的时间不超过三天，经常几天不回家。我们打电话问候，他上午还在姥姥的村子，下午就可能跑到几百里之外去。虽然很多年都不在家乡，可他有很多小兄弟，几乎每个村子都有他的人。在他的大本营林东镇，他更是上上下下交了无数朋友，织就了一张硕大的关系网。

2010年冬天，他打电话给我，让我查查哪儿有卖重型卡车的店，我查到一个店，离他不算远，把联系电话告诉他。第二天上午，他打电话告诉我："大哥，我买了卡车了，我现在在回家的路上了。"那辆车至少得四十万元，他几乎毫不犹豫地就买了那辆卡车，然后开车回老家，他要搞运输。一开始，他干得似乎不错，把煤从坝后的煤矿拉到城里卖，赚头不小。不到一年，他连自己的车带租的车，就搞了六七辆，组成了一个车队。生意越做越大，却也越做越艰难，因为市场的变动，因为路途阻隔，因为各种状况，他有点陷入困境的意思。我问过几次，他也只是说生意不好做，然后匆匆去忙。至于怎么不好做，却谁都弄不太清楚，只知道他经常四处去公关，摆平琐事。

每年春节，我们都能见一次面，一般是他开车带着父母妻儿到我家去，大家一起吃饭。他很少喝酒，到我家的时候，会喝一点，但绝不会多。我们随便聊一聊，通常是他对我的工作提出一些问题，我回答，或者聊一些无关紧要的琐事，如此而已。我想，我们再也不能像七八年前那样，在一个屋子里实实在在地聊天了，我们都成了家，正步入烦恼的中年。我们再无法坦然地同别人讲出自己内心的想法，而只能是好好地扮演着表哥和表弟的角色。可是，我又同时感觉到另一种力量：我们大概都无意识地感到对方是另一种可能的自己，至少我这么想过。假如是父亲把我吊在树上打，让我到草原上放六年羊，我会不会变成和他很相似的人？假如是他读了高中，考上大学，他会不会走我走过的路？

假设当然没有任何意义，可我仍忍不住去想，于是常常陷入一种困惑，抬抬眼，却又看见硬邦邦的现实，就像弗罗斯特那首有名的诗《未选择的路》：

黄色的树林里分出两条路，
可惜我不能同时去涉足，
我在那路口久久伫立，
我向着一条路极目望去，
直到它消失在丛林深处。
但我却选择了另一条路，
它荒草萋萋，十分幽寂，
显得更诱人，更美丽，
虽然在这条小路上，
都很少留下旅人的足迹。
虽然那天清晨落叶满地，
两条路都未经脚印污染。
啊，留下一条路等改日再见！

但我知道路径延绵无尽头，
恐怕我难以再回返。
也许多少年后在某个地方，
我将轻声叹息将往事回顾：
一片树林里分出两条路——
而我选择了人迹更少的一条，
从此决定了我一生的道路。

表弟丝毫不懂这种东西，但我们同其他人一样，都在人生的森林内，面对着无数的可能性，而脚下的路、可走的路，又永远只有这么一条。表弟还在他的路上奔波，我亦在我的途中行走，过去的足迹已经难以辨识，而前面的风景也并不明朗。我仍然希望，有一天表弟能安静下来，好好过他的生活。

然而我的希望显然太过天真了。

2012 年冬天，就快到春节了，弟弟给我打电话，告诉我一个令人震惊的消息：我们凑钱给父亲买的二手车，被表弟骗走，而且卖掉了。我听了，虽感到气愤，但想了想，也有点觉得这似乎是迟早要发生的事。父亲和母亲很伤心，被自己的亲侄子骗了，先不说损失的东西，这种情感上的伤害，就足够让人难受了。我和弟弟商量，想马上报案处理，但父母仍想着最好不要走到这一步。母亲给表弟发短信，让他快点把车还回来，那时候表弟已经把车卖给了别人，他竟然还发短信给母亲：等我给你们打电话，老姑，我一定会给你一个交代的。然而没有交代，他一次又一次地欺骗了相信他的亲人。

那时候，舅妈总是打电话给母亲，说表弟对不起他们，说这辆车的钱，将来总要还的。表弟的妻子也打电话，一说话就会哭起来，父母很无奈，只好选择等着。这年春节，按之前商定好的，我和老婆去她家里过年。但年后，我还是不放心，又在初五的时候赶回家里，陪父母。

我们到家的那天，大舅也来了。大舅是被母亲催来的，他年前曾答应我，说一定要来看看我父母，给他们一个交代，至少能宽慰一下他们的心。但过完年后，大舅变卦了，总是推托有事来不了，母亲生气了，说："你不来就不来，姐弟也不要做了。"大舅才赶来。

我们在门口下车时，大舅从院子里出来帮忙拎东西，我看见他，心里生出气愤，不是因为表弟骗走了父亲的车，而是因为这件事发生后他的态度。但我知道自己要维持着表面的和谐。吃饭的时候，一起喝了不少酒，也总要说起这件事，我跟他说："这辆车无论如何是表弟卖掉了，还有他从父亲那儿借的钱，你们总要负责，不能完全撒手不管。"大舅说："反正我没钱，我不管。”我借着酒意，几乎要发怒，我看到了站在门口的母亲，她显出了无所适从，便忍下。父亲则跟大舅吼了几句，他最终答应第二年的五一期间，会还一万块钱。第二天一早，大舅没有吃饭就坐车走掉了。而今年的五一，父母自然没有等到他还的一万块钱，甚至连一个电话也没等到。

春节后不久，父亲给我电话，说表弟被警察捉到了，问我怎么办。我也不知怎么办，和弟弟两个人四处问人，还找了律师朋友来问。警察去家里调查，问父亲丢掉的那辆车要不要立案。这时候，大舅和表弟的舅舅打电话给父亲，说不要把这件事立案了，这么多钱，将来判刑的时候会多判好几年的。父亲说：“你们总不能只在这个时候来找我。”他们便说，表弟还有一辆车的，把那辆车直接赔给你，父亲说行。但后来才知道，所谓的那辆车，早已经被表弟抵债给了其他人，而且这车他是贷款买的，还欠着银行的钱。

父母亲已经被这事折腾得筋疲力尽，索性就不管了，他们爱怎么样怎么样吧，做亲戚做到仁至义尽也就够了。表弟犯下的是大案，是老家那边这么多年都没有出过的，据说，他涉案的金额高达几百万。没人知道他这些钱都是怎么欠下的，除了他毫无顾忌地消费，肯定还有赌博。他的父母和舅舅，用尽了各种办法给他摆平此事，但他总还要在监狱蹲些日子。

他的人生，走着走着就成了这样一条轨迹。在不相干的人眼里，这不过是个茶余饭后可以感慨的故事，可在我们家，这故事要复杂得多。即使到现在，我们也没弄清，他到底是如何从那样一个人，变成这样一个人的。我后来想到，他其实很早之前就是一个演员了，深入每一个角色，扮演得让所有人都不怀疑。只是他过于自信，以为自己同时还是编剧和导演，能左右这场戏的结局，而他不是，他只能接受现实逻辑写好的剧本。

我仍记得自小和他交往的许多事，但它们只能被当作回忆，我们再也不可能如当年那样亲热，更不能奢谈信任。我亦不敢想象将来再见到他的情形，我还会保有愤怒，因为他欺骗和伤害了我最亲爱而善良的父母，那么信任和疼爱他的人，但我也会留着同情和悲哀。

下部 · 风物

阳光里的喷嚏

如果不限定时间、地点和逻辑，回忆是对生命最自由的挥霍。一旦没有了可挥霍的资本，我们的人生就会狗屁不如。回忆是那么不可靠，可你要可靠有什么用？赶紧，去回忆你的少年时代吧，否则你就会永远失去它。

太阳从来不会在明天升起，相反，它一直在那里，正中天。那时阳光对我而言只是一个超大的手电筒，照亮土山、麦田和院落。我并不知道它什么，更猜不到多少年后要接受两小儿辩日的蛊惑、地球是绕着太阳转的定理，还有所谓的黑子和燃烧等无数真相。不论用多少格的胶片去拍摄，耀眼的阳光里，唯一贯穿少年时光的是那个响亮的喷嚏。没错，它不但向后延伸，更把触角伸向消逝很久的过去。

没有那么多为什么，我和一群光着屁股的伙伴奔跑在村南山脚下的河边，一片草场隔着麦田与村庄相望。孩子们身体上涂满了泥沙，它能保持凉爽，数十只小羊羔和它们的母亲啃着青草。你猜对了，我是一个光屁股的八岁羊倌。那个姓李的伙伴在麦田里时隐时现，他双手捧着一塑料袋玉米粥，还有几块咸菜和几张烙饼，若干年后这家伙从云南带回来一个少数民族媳妇，我回家多次，从没碰见；那个姓孙的伙伴被冒烟的篝火熏得直掉眼泪，他发誓要把刚刚捉到的几条小鱼做成汤，现在的他成了生意人，整天骑着轰隆隆响的大摩托在各个村庄间奔驰；另一个姓孙的伙伴赤着双脚站在一块巨石上，四顾茫然，瞭望着羊群，这个人和一个同村的姑娘结了婚，就住在我家的前院。

这些童年的小伙伴，据说仍一个个健康地活着，而我早已离他们远去。

河边的蚊虫多极了，成群地飞扑到我们身上，我们互相拍打，啪啪啪，尸体此起彼落，我们被自己的鲜血涂得红一块紫一块。在蚊虫叮咬的同时吃午饭，河水胡乱地流着，阳光耀眼极了，我抬起眼睛看向它——那个喷嚏从腹部喷涌而来，难以阻挡，打得我鼻涕、眼泪一起往外泄，甚至飞溅到前面臭烘烘的鱼塘里。他们的尖叫我一点也没听到，这个非凡的喷嚏让我灵魂出窍，是的，那一刻我仿佛吃了几公斤的芥末，每一个毛孔都大张着嘴新陈代谢。

从此之后，只要我看向太阳，看向有光芒、明亮的地方，就会本能地打喷嚏。我当时想，有某个神仙选择了我，它骑着阳光借助我的身体来到人间，从此我乐此不疲地和太阳对视，然后打一个或一串响亮的喷嚏，一个又一个的神仙得以从无聊的天庭逃逸。

现在回想起来，我可能会为这个喷嚏敷衍出一大堆极有意义的话，比如我终于发现自己之外的一个世界，比如我与这世界的某一部分产生了密切的关系，再比如，这个喷嚏让你们聚拢在纸张前看《落日与少年》……

如果你在校园里看见一个相貌猥琐的男人走来走去，一会儿坐到长椅上，抬起头眯着眼睛看向太阳，然后狠狠地打了一个喷嚏，这就是我。但请不要走上来和我说话，别有些矜持地问："那么，你就是那个打喷嚏的人吗?"不，我会拒绝承认，这种事情还是活在虚幻中好，一旦拿到台面上来，阳光可能只剩下刺眼，而喷嚏则成了感冒的先兆。

你就此离开，忘了这回事，将来某个时刻再想也不迟。就像我的那些伙伴们那样，他们无论如何也不会记得我们放羊时的那个喷嚏，他们甚至不记得一起放过羊。还有什么是他们没忘的？我说不准，每当我们在村里的胡同相遇，都会心中暗想：这是他，没错，这应该是他。然后亲热而客气地问候一声，擦肩而过之后，心中疑窦丛生："真的是他？我为什么一点印象都没有?”

每年回家，我都会向母亲求证伙伴们现在的状况，她的回答细致而认真，可并不能增加我的确证感，这些伙伴们——曾经一起滚车轱辘玩，一起滚铁球玩，一起丢沙包，一起和东村西村的孩子打架——或许早被我一个又一个的喷嚏打到了九霄云外。不就是这样吗？我告诉你，别以为有哪个陌生人会永远停留在你生命中，清醒些，赶快走自己的路，路还很漫长。

有一年——也许是 1995 年，也许是 1996 年——我和大姑父等人赶着毛驴车去草原。

我和你说，你别以为我是内蒙古族人，本就应该住在草原，错了。我们在小兴安岭山脉的最末端，那儿高山丘陵此起彼伏，和你想象中的内蒙古大草原完全不是一个模样。到北京后，常常有人问：“你们那儿现在通电了吗?”我就说，刚刚通，以前都是点煤油灯。我还说，我们那儿的小孩都在蒙古包里上课，早晨天不亮骑着马去，上课时让马自由地吃草，晚上再骑马回家。他们觉得很有意思，我觉得他们很有意思。

我们要去草原，必须翻过一个小山脉——我们叫作坝，然后再走上百里弯弯曲曲的土路。离我们最近的蒙古族大都住在坝后，据说是我们的祖先把他们的祖先赶走了，不过这说法不可信，据我所知，村子里大多数人家都是几十年前才迁徙到这儿来的。何况蒙古族人是牧民，天生就要走走停停，谁知道他们都在哪儿待过。

每年的夏天，只要田地里的庄稼一长起来，村民们就会把牛羊送到坝后去，在那儿的某片草原上安营扎寨，一待几个月，秋收之后才回来。坝后草原天气怪极了，老阴沉沉的，经常下雨，但是一出太阳又暴晒。我当然记得每年夏天，母亲，有时候是父亲，就会联合其他人和羊倌一起赶着上千只羊，一路向坝后牧场去。前面一个人领路，两边有几个人防止羊群乱跑，剩下的人就在后面赶着。他们带着干粮和水，一路闲聊，夜晚也不休息。等到了目的地——目的地都是在有水的地方，要么靠近一条河流，要么靠近一个大水泡子，他们就捡一堆树枝点火，喝点水，吃点干粮，然后给羊倌搭帐篷。帐篷搭在山坡阳面高处，既能防止下雨时积水，又方便看到羊群，帐篷里有土炕，有灶台。在帐篷前面，他们砍好上百根木桩，埋在土里，用长满铁刺的网围栏围成一个露天羊圈。第二天一放亮，人们就会离去，只留下两到三个羊倌留守。我从记事时起就一直幻想着自己有一天能住在这样的帐篷里，对着山坡上的羊群发呆。这是个傻乎乎的想法，但是很美好。

我们有四五驾车，有马车也有毛驴车，车上载满了蔬菜瓜果，这些都是送给羊倌的。我和我的表哥还有他们村里的两个小伙子——羊倌的弟弟和侄子——坐在车上，吃着黄瓜和沙果，幻想着满载而归。没猜到吧？我们这次是去采蘑菇的，大蘑菇小蘑菇、草蘑、树蘑、天花板蘑菇、榛蘑、鸡爪子蘑菇，五颜六色的蘑菇长在草原上。我们要去把它们采下来，铺在草坪上晒干，然后装在袋子里千里迢迢运回坝前。等到冬天过年的时候，就用它们来炖小鸡。有时候采的蘑菇太多了，自己根本吃不完，就把它们卖掉。也可以不用晒干，采完之后在河水里清洗一遍，直接腌在七八十公斤的大塑料桶里，过秤卖给收蘑菇的老客就好啦。知道什么是老客吗？老客就是行走江湖的生意人，他们收骡子收马收羊收牛收蘑菇收皮子收药材，他们无所不收。大老客开着汽车，小老客骑着自行车，中老客开着突突突的三轮车，老客们穿过无数个村子，把买油盐酱醋的零花钱送到贫穷的人们手里。

我是多么喜欢他们啊，我希望自己能采无数的蘑菇，从他们手中换回本子、钢笔和冰棍。我已经过了偷家里的鸡蛋去换冰棍的年纪，也过了去田里捡豆子、拾麦穗换糖块的年纪，该是用自己的双手去创造更大幸福的时候了。可是我这次跑到这么远的地方来采蘑菇，和幸福生活一点关系都没有，坦诚地告诉你吧，我期末考试考得差极了。我害怕被当老师的父亲教训，就偷偷跟着姑父他们去坝后采蘑菇。

那天我和老妈还有表哥一起在加工厂里磨面，加工厂里好几个机器开动，特别响，我们脸上沾满了飞起来的面粉。电工家的大女儿是我小学时的同学，她走进来递给我成绩通知单，我撕开信封一看，第四十六名，我们班五十个人。当时我希望自己变成一粒麦子，钻到磨面机里磨得粉碎，就不用被骂了。

大表哥之前就在鼓动我说去他家，他爸爸要到坝后去，我一直在犹豫，现在我决定和他去。

我们就去遥远的草原上采蘑菇啦，这是我第一次去真正的草原，据说我们要住在蒙古包里，吃炒米，喝奶茶，骑着高头大马，天苍苍，野茫茫，风吹草低见蘑菇。

我最喜欢坐马车和毛驴车，颠颠簸簸、慢慢悠悠，沿途的庄稼树木和各式各样的人好玩极了。坐在车上，听着马打着响鼻，车老板驾驾驾地吆喝着牲口，前车与后车相互间传递着话语和物件，至于目的地，它一定在前方等着呢，不用着急。坐机动车可不这样，噼里啪啦就跑出好几十里地，机动车只是为了到达某地，马车驴车却在路上自由自在地行进。

这一次我们将用这种古老的交通工具进行长途旅行，沿路大部分是无人区，长满了无所事事的青草和柳树。前方的山头层层叠叠，一山放出一山拦，我们的毛驴车晃晃荡荡地漫步在绿茫茫的草原上。毛驴走了一天，它似乎感觉不到累，只是偶尔撒一泡黄黄的尿在两条不明显的车辙之间，这家伙每过一条河都要停下来喝水。

我躺在车厢里慢慢睡着了，景色虽美，却万里如一，颠颠簸簸更是惹人乏，虽然车帮子老是碰我脑袋，可我还是睡了个好觉。醒来时，我本能地看向太阳，打一个喷嚏清醒，清醒后却发现太阳在北方——没错，它在北方偏西的天空里龇着牙。后来的十里路，我一点都不敢声张此事，只是无数次地看向太阳然后确定方向，它确实在北方。太阳是不应该在北方的。

晚上我们在一个山林下安营扎寨时，我和表哥说了这件事。当时我们正在泉水旁边，他对着一棵数丈高的白桦树撒尿，听完我的话，他笑得差点把尿尿在自己的裤腿儿上。

“你转向啦?”他说，“这事在坝后太常见了，好多人到这儿都得转向。”

从此，东南西北对我来说再也没有实际意义了，我的方向不受自己掌控，它始终在别人嘴里，别人说是什么方向，我就得承认是什么方向。此刻我想起这些事情，太阳又突地一下跳到了北方的天空上，这很好，至少不是所有人都能看到太阳从西边出来，从东边落下。它和我捉迷藏玩，这家伙再也不甘于只做我的喷嚏药水了。

我们架起帐篷，用铁锹在地上挖了泥灶，把洋锅子架在上面，底下点燃刚才捡的桦树皮，不一会儿锅里就冒出了水汽。水是从河里打来的，放在铁桶里澄清几分钟，用它来烧饮用水和做饭。我们的饭是面疙瘩汤，在草原上，再没有什么比这更方便。姑父和好一坨面，面粉本来很白，可河水有些浑，搞得面疙瘩黄黄的，看起来像玉米面。洋锅子用羊油炝过，也放了些葱花和盐，然后把面疙瘩倒进去。十分钟左右，我们就端着盆啊罐的哧溜哧溜地吃晚饭了。

我有没有提到这时候太阳从东方落下？一个东方的落日抚摸了整个草原，笑嘻嘻地沉向远山，一个十五岁的少年蹲在石头上，吃得满头冒汗。

这一刻美妙极了，至少我现在回忆起来它美妙极了。

只要不是阴雨天，草原的夜晚就不会很黑，天色是一种温亮，像经常刷洗的铝锅盖。这儿昼夜温差很大，帐篷里有点凉。半夜我起来撒尿，尿完之后睡意全无，我坐在车上看这个世界，像个刚出生的婴儿那样看。我该怎么形容眼里的情景？我该怎么描述？我写不出来，只能告诉你我激动得不停地骂人：他娘的，他奶奶的，他姑奶奶的！

那时候我还不是个无病呻吟的文人，也没怎么读过书，总觉得眼前的一切应该有几句好诗来搭配，但是没有。你经历过这种感觉吗？就是你看到、感受到的东西似乎被别人写过，而且写得简直没法再贴切了，可你就是想不起来。

这太难受啦，就像把一块肉放在嘴里，可死活不让你闭嘴。

第二天有点小感冒，什么都难让我打起精神。同行的其他车上有一个羊倌喜欢讲黄段子。他还讲别的，总之都是些成熟男女之间的事情，这也没让我提起兴趣。我感到无聊极了，我这是在干什么呀？躺在一辆破毛驴车上，晃啊晃的往从来没去过的地方走。嗓子里总是有痰，我呸呸呸地吐。后来我下来跟着车走，腿脚发虚。这天的太阳很晒，草都是蔫的，遇见认识的草药我就踢它一脚：“嗨，你这家伙，怎么不长在我家里的后山上？你要是长在我家里的后山上，我带你去逛供销社。”这当然是骗它的，我会把它卖掉，换成能吃的东西。

到处都是蚂蚱，都是蚊子，天上地下都是它们，还老往人鼻子和嘴里飞。我和它们没啥可说的。

第二天下午，我们终于到了目的地。我已经不记得地名叫什么了，反正奇奇怪怪、叽里咕噜。在这之前，我们和其他几个车分道扬镳，大家各自到相熟的蒙古族人家里去。我们到的那家生活得不错，告诉你，现在的牧民也不是天天逐水草而居。他们盖了全砖的房子，但是由于地太湿，容易下沉，房子一下沉，墙上就会裂出很多口子。

这家里的男人去了镇上，现在只有一个妇女和一个小孩。

我们三个男人，不能到人家家里去住，只好在他们的房子前扎帐篷，还是睡帐篷。

姑父和表哥干活的时候，我就围着蒙古族人的院子四处转了转。他们房后是一条河，左边有一个羊圈和牛栏，右边一小块空地上种了点白菜。这些白菜长得可怜极了，一看就是上多了羊粪肥，烧的。这一带，我没看到一个蘑菇。还好他们家的大狗不怎么凶，你不知道，一般蒙古族人家的狗都特凶。他们家的大狗很好，虽然不停地汪汪叫，但那只是例行公事，不用认真。

我的感冒好了，这一晚我们吃了嚼口拌炒米，蒙古族女人很小气，一块肉也没拿出来。

“我男人不在，我不认识你们。”她说。

傍晚时她一直在挤牛奶。据说蒙古族女人都很累，男人们除了放牧什么也不干，挤奶、喂羊羔、剪羊绒的活都是女人干。

这个蒙古族女人只会说一点汉话。

清晨来临，我们不用坐着毛驴车继续赶路，穿好衣服伸个懒腰，到河边洗个脸，这一天如此开始。

我们背着篓子拿着尼龙袋子四散而去，各自翻过山丘，寻找着蘑菇圈。知道什么是蘑菇圈吗？草原上的蘑菇生长时，大都是一圈一圈的，这一圈草的颜色比周围的草要深，远远看去有点发黑，草丛下掩藏着各种蘑菇。蘑菇很好吃，但是我提醒你，蘑菇圈旁边都有牛粪和马粪，它们容易滋生菌类，也可做养分。有一种看起来很像蘑菇的菌类，你万万要区分，它们看起来有点像金针菇，一个根上长出好多茎，脑袋很小，我们叫狗尿苔。老人们说，这东西不能吃，他们是狗撒了尿长出来的。还有一种更可怕，经常长在树林里，很大的一颗像蘑菇的东西，脑袋鼓胀胀的，这是长虫苗子，也就是蛇苗子。冬天时，蛇把蛋下在了土里，春天就会长出这玩意儿。据说每一个长虫苗子里面有九十九条小长虫，它们大部分都活不下来，如果一个里面出现了一百条，而且这第一百条还活了下来，它就会变成龙。

上午的收获极少，因为这片草原已经很久没下雨了。雨水过后一两天，才是采蘑菇的最佳时间。快到中午时，我和表哥在一个山头相遇，商量着该回去了。在路上，好多牧羊犬蹿出来想咬我们，这些家伙太可怕，不停地跟在你身后吼叫着，随时会上来撕咬你。

我来之前听说过很多人被牧羊犬咬死的故事，我担心自己成为故事的主角。

好在表哥有经验，他一会儿大声地说几句叽里咕噜的蒙古语，一会儿再说几句，其实他自己也不知道是什么意思。我也学着胡乱喊，顺嘴跑舌头。

过了几分钟，牧羊犬放慢了脚步，也不吼叫了，我们就飞奔而逃。整个下午也不敢再出去，就坐在蒙古族人的车上发呆，看着那个蒙古族小孩不停地撵羊羔，直到把羊羔累得死活不动。这小家伙还经常一口气跑上对面的小山丘，不管多累，他也不会停下来，跑上去再跑下来。

傍晚时分，蒙古族女人当家的终于回来了，这天晚餐吃得很好。让我印象最深刻的是牛奶煮面条，没听说过吧？蒙古族女人用新挤的鲜牛奶来煮面条，面条是那种机械压制的挂面。这种食物太特别了，我根本吃不出它是什么味道，或者说在我的记忆里根本没有过相似的东西，牛奶煮面条，它属于你一辈子也不会忘掉的食物。

后来的几天，我们采了很多蘑菇，铺在草原上晒。但是不到一周，坝前就托人传话过来，说马上开学了，我必须回去。这时刚好羊倌的弟弟也要回家，我们两人骑一辆破自行车往回走，和来时完全是不同的路。临走前，我千叮咛万嘱咐姑父和表哥照顾好我的蘑菇，将来给我带回去，但是后来他们说，我走之后就下雨了，我的蘑菇全腐烂了。真是让人愤恨。

那个孩子比我还小一岁，可是他已经在坝前坝后穿行无数次了，经验丰富。我们上坡推车，下坡骑车，走了整整一整天。因为骑自行车可以抄近路，所以比来的时候快。到家时已经掌灯，我那神奇的大姑在院子里随便划拉几下，就找足了做饭的柴火，给我烙了几张大饼，打了一盆鸡蛋汤。我大姑最拿手的就是烙饼，她老人家烙的饼又薄又软，实在好吃，我已经十几年没吃过了。第二天一早，我步行四十里路，回到自己的家。令我欣慰的是，父亲早已经忘了考试成绩的事，他只操心向谁借我上学的学费。

肚皮鼓

我相信你也不知道从什么时候开始，肚皮成了你的一部分，我是这样。

它越来越像一面鼓——原谅我在一开头就用这么直接的比喻打消你看下去的欲望，可实际上，我想为每一节构思一个新颖的开头——咚咚咚，咚咚咚，不停地被击打，发出声响。你要知道，肚皮鼓可不是只有在饥饿的时候才叫，它其实是个顶顶聒噪的家伙。

如果你足够仔细，或许已经在《阳光里的喷嚏》那一节中看到了肚皮鼓的影子，比如在草场上煮东西吃的那一段。这并非我的肚皮鼓的第一声响，真正的第一声要惨烈得多——据说，那是在我还只有八个月大的时候，两根小肠相亲相爱地扭在了一起，然后吃什么东西都会立刻吐出来，奄奄一息，就要死掉。这些我曾经在一篇叫《解释无奈》的小说里写到过：在一个大雨滂沱的天气里，舅爷抱着几乎没有呼吸的我来到后山，夭折的孩子都扔在这儿。我孤零零地躺在石头窠子中，舅爷在半山腰回头一望，看到一只野狗鬼鬼祟祟地向我奔去，他心中不忍，又把我抱了回去。

此时的家中，母亲正为抛弃我的决定痛悔不已。我自己当然不记得这种事情，这是后来人们不断复述其中的片段，而我发挥了想象力重塑出来的。

“那时候，”姥姥感慨地说，“那时候带着你去林东看病，没有车，你四爷爷当时是大队书记，拦了一辆汽车，我们坐人家的汽车去林东，人太多了，几乎就是坐在人家的裤裆里。到了林东，多亏了一个镇上的干部帮忙，才查清楚了是什么病，开刀做手术……你知道那时候把你肚皮划一刀才多少钱？十八块钱，就开膛破肚了。手术完了你很长时间不能吃东西，怕把肚皮撑破了，你妈可巧，没奶，你饿得嗷嗷叫。还是那个干部，他媳妇和咱们住一个病房，从家里拿了一块羊肉，切得碎碎的，熬成羊肉汤给你喝，才没饿死。你知道你爸爸那时候啥样？精瘦，蜡黄的小脸，才二十岁出头，整天守在你床边上，还没什么感觉呢……”

姥姥常常与我唠叨这件事，每次都特别强调那几碗羊肉汤，我那乖乖隆地咚的肚皮鼓啊，竟然是被羊肉汤救了。

奇怪的是，姥姥家的舅舅、舅妈，常说这件事，我每次去他们那儿，总有大人要掀起我的小褂看看肚皮上的刀口，啧啧称奇说："看看，这么长的一道疤瘌，小时候，比这还长呢。"说实话，在他们提起这个之前，我竟然不知道自己有一道伤疤。我们家这边少有人谈起，父母和爷爷叔叔们都不说，爷爷常说的倒是："小波命好呀（我小名叫小波，大名曾经叫红波），他刚一出生，就有粮食吃。"老爷子说的是，我出生那年，1981年，村里开始实行家庭联产承包责任制，我分到了地，还分到了那一年的瓜果蔬菜。这么说，你该知道我生日是在什么季节了吧？

正如你现在所知道的，我的肚皮被划了一刀之后，又活转过来，从此之后这肚皮鼓的声音多出另一些音符。

回顾童年，那是一部饥饿和馋嘴的历史，我和同村的孩子们几乎每天都在山野中寻找可以让自己感到美味的东西：酸塔、酸巴柳、苞花根、山丁子等等，其实它们并没有多么好吃，但对于没有任何其他食物的我们来说，已然是美味了。

偶尔从大人那里拿到两毛钱，我就会跑到村东的小卖店去买几块水果糖，真正水果味的糖，含在嘴里直到它化没了。每一次都是吃不够的，这最终导致我现在不论吃什么糖都喜欢咯吱咯吱地把它嚼碎。那时我们对小卖店无比向往，简直奉若神明，因为它代表着整个世界的甘甜。

小卖店老板家的女儿和我们是同学，她长得很胖，我们都很瘦，于是大家都说，瞧瞧，这个小孩在家根本不吃饭，天天吃糖，吃米饭都要拌白糖，所以她会这么胖。这当然是我们吃不着葡萄说葡萄酸的看法。那时候她们家再富裕，也还没到吃米饭拌白糖的地步。

《肚皮鼓》这一节，最初想写的是初高中的事情。那一段经历我曾经事无巨细地记在十几个笔记本上，当年发春发癫发狂的种种无一遗漏，后来其中一部分丢失了，我现在还留着的已经不到十本了。前几天搬家打包，还翻出了这些日记本，回头一看：当年的自己可真是好呢，简直就是个完美的少年，落日一般的少年。不是吗？人生不外是一场漫长的下坡路，能像落日一般，也是不差了。

我上初中的那年，小姑、老叔、一个堂哥和一个堂姐相继退学回家，老刘家当时再也无人在乡里读书。终于我考取了那儿。第一次上学是母亲赶着毛驴车送我，那时要自己带粮食，粮食只有小米一种，到学校把粮食换成粮票，每天用粮票订饭买饭。在我们之前的几年，学生们不仅要自带粮食，还得自带柴火，每至开学时，坑坑洼洼的学校院子里就堆满了木材、树枝和牛羊粪。当时家里没钱给我打新的箱子，就把爷爷家的一个小扣箱拆了下来，拉到初中去用。

我的肚皮鼓最猛烈的打击就从这里开始了，三年间一刻未停。

我竟然还记得，同宿舍有一个叫戴明杰的哥们，睡觉时我俩挨着。我们睡的南北大通炕，一个炕上睡十个人，挤得要命。头一天，你需要把第二天要订的饭告诉值日生，早晨几两、中午几两、晚上几两，有钱一点的孩子是“三四三”，一天吃一斤米，我们一般都是“二一二”，一天才吃五两。所以那时候我特别瘦，天天都吃不饱，饿得两眼干巴巴。这种经历又给我造成了另一个后遗症，就是之后再吃东西的时候，哪怕肚子明明饱了，可感觉上还是饿，于是吃得越来越多，人变得越来越胖。

一年三百六十五天，只要是在学校吃饭，几乎都是小米饭。菜也有，是用捞饭后的米汤煮的圆白菜，而且只有晚上才能吃到热菜，早晨和中午只有发臭的咸葱叶子。葱叶子已经腌得发黑，可偏偏表面上浮着一层白色的泡沫状的东西。值日生打饭是拎着两个圆铁桶，装了半桶黏糊糊的米饭回来，用小勺——没错，我说的就是那种很小的勺子——给大家分饭，一两一勺多点。吃完饭，值日生还要把铁桶刷干净，春夏秋三季还好，一到冬天，饭粒就会冻在铁桶上，硬邦邦，根本刷不掉。我们那儿是没有热水的，任何时候都是凉水。值日生只能用小勺子刮，吱吱的声音从每间土坯房中传来。

后来，我们开始因地制宜，把铁桶放在班级的炉子上烤，烤得桶底全是煤烟子，黑黑的。

饭票实在不够吃了，而肚皮鼓却越敲越激烈，有时候上课讲到有关吃的东西，口水会不自觉地流下来，搞得课本总是皱巴巴的。我得想办法，我们得想办法，戴明杰同学应该是第一个伪造饭票的。我们的饭票最早是用硬纸壳印制，用久了就会柔软、模糊，我们就用大萝卜仿照上面的图案刻，然后蘸了红墨水印在纸壳上，其实一点都不像，但我们还是勇敢地拿到食堂去。最初，胆子小得很，只敢印一两二两的，后来尝到了甜头，就印一斤和两斤的。

我们被捉了，被捉的原因不是饭票印得不好，我们的技术已经可以以假乱真了，被捉还是因为戴明杰，这哥们儿有一天突发奇想，印了一沓面额五斤的粮票去食堂，被人当场抓获。因为我们学校根本就没发行过两斤以上的粮票。

还好戴明杰很讲义气，没有把其他人供出来。结果，食堂的人清点粮票，找出了一百多斤假票，而我们几个印的绝对不超过五十斤，可见还有其他人在干这种事。戴明杰因此被学校劝退，我们都觉得心中极为愧疚，但谁也没有勇气去承认自己也参与了这件事。戴明杰走的时候，宿舍的几个兄弟送他，请他到学校外面的油条铺去吃油条，喝鸡蛋汤，他一口气喝了三碗，吃了十根油条，临走时打着饱嗝说：

“挺大个学校，连五斤的粮票都没有。”

我们后来再也没有见到他，也没听说过他的任何消息。

戴明杰退学之后，伪造粮票的运动只是暂停了很短的时间，很快又大规模开始了。学校实施了预防伪造的措施，他们用塑料粮票代替了纸壳，收粮票的时候把关更严，跟安检似的。但当时有一个传言在学生之中传开，彻底激发了我们伪造粮票的热情。

传言说，学校老师和食堂大师傅们从来不用交粮食，他们吃的都是从学生的粮食中扣出来的，而且他们经常吃肉，吃大米白面。食堂养了十几头大肥猪，都是用学生的剩菜剩饭喂大的，但杀猪的时候学生连一滴油都捞不到，我们眼睁睁地看着各个老师隔三岔五地拎着一块猪肉回家。太不公平，太不公平，自此之后我们伪造粮票再也没有良心上的不安，倒仿佛是一场正义的起义——仿照历史课本上的图画就是“饥饿引导人民”！

针对塑料粮票，我们开始了另一种伪造，不制造新的粮票，因为我们的技术水平暂时还跟不上，无法做到在塑料上印刷。我们把一两的篡改成一斤，二两的改成两斤，先用刀片把字刮去，然后用一个同学偷来的油墨写上新的字，在火上烤干。而且，我们还拓展了假粮票的适用范围，将之延展到了学校之外，时间一久，粮票和假粮票几乎成了我们的流通货币。

最初，我们只是拿着粮票到附近的加工厂去换一些挂面，回来煮了吃。说起这个，事情就多起来。

那时候，我们住在年深日久的土坯房里，夏天热，冬天冷。拿着粮票用极其不合理的方式兑换来挂面之后，怎么煮熟它成了最大的问题，我们曾经尝试过在凌晨到操场去生一堆篝火，但这么做目标太明显，很容易被老师捉到。不知道是哪个最先提起，我们提着洋铁桶来到教室，在炉子上煮挂面吃。第一次经验实在不足，连盐都没放，挂面吃起来全无味道。第二次我们不仅放了盐，还发扬光大，从学校的大锅底刮出一点点油放了进去，这次的挂面吃起来真是美妙极了。

可惜好景不长，才不过两周多，学校夜晚巡视的老师就发现了我们。最初他只是奇怪大半夜教室里怎么会有火光，一个人不敢贸然进来，站在门外面大喊："谁，谁在教室里?"我们一听，魂魄俱飞，更不敢回答。我们不回答，这个老师就更加害怕，结果这种状态持续了近五分钟，被一个同学一个又臭又响的屁崩开了尴尬。他这个屁一放，仿佛是宣告，谁都不害怕了。想想吧，就算对方是世界上最可怕的怪物，它突然放出一个屁来，你还怎么能怕它呢？于是这位老师冲进教室，将我们当场擒获。结果是我们五个人每人背了一次警告处分，放屁的哥们受到大家一致的鄙视，直到他开辟了新的煮面战场。

某一天，这哥们和一个同学在火炕上翻滚打闹，一脚猛踩，将火炕踩了一个大窟窿，不偏不倚正好在烧火走烟的通道上，众人正愤怒地群起而攻之，他却指着大窟窿说："你说，在这上边坐一个铁桶，不是能当锅了？"于是我们终于找到了安全而又实用的火种，此后每周的一个晚上都要在这个火炕上煮挂面来吃。因为经常拿粮票去换挂面，粮食吃得就快，又不敢向家里要，我们便两顿合成一顿。正是长身体的年龄，吃不饱的滋味统治了肠胃。

有一次，大伙凑了几斤粮票，换了一斤挂面煮来吃。穷得叮当响，没有油也没钱买盐，我们只能将食堂的臭葱咸菜放在里面。四五个人围着一个熏得黑乎乎的铁桶，每人一双筷子，争抢着捞桶里为数不多的面条，吃着吃着，便听见有水珠啪嗒啪嗒地掉在面汤里，我骂了一声："这谁呀？把汗都掉进去了，嫌弃没盐啊？"两个人附和我，可有一个不作声，仔细一瞧，哪里是流汗，是这哥们的眼泪稀里哗啦地往下流：

"你说咱们怎么就这么惨呢？连个饭都吃不饱，我都快一个月没吃到一块肉了。"他不说还好，他一说，大伙都觉得一阵眼热心酸，眼泪都往下掉。小伟骂了一句，说：

"咱们去食堂里偷块肉回来吃，管他，开除了更好，回家总比在这混日子强。"

大家顿时觉得，不去偷肉实在是对不起自己，更重要的是，看着老师们天天吃肉让人受不了，还整天布置那么多作业，这不是明摆着欺负我们吗？说干就干，第二天我们便探好了路，食堂后面的小窗户一向不是特别牢靠，而且非常隐蔽，从这里突破困难不大。

这一天夜里，一屋人都很兴奋，满腔要去执行任务的大义凛然，并且得到了多吃瘦肉的保证，不去的几个既为自己不用冒险而兴奋，又为即将到来的猪肉而高兴，还有两个一直持反对态度的软蛋。这俩人我们已经威胁过了，谁要是敢提前通知老师，就让他看一个晚上的瓜。

这其中就有一个姓马的哥们，他写字极有特点，折特别多，即使是写横和竖他也要来上几个折，他的卷子总是让老师最头疼的。

大家最担心他告密，因为他平时就极其胆小，又喜欢拍老师马屁。

食堂前天才杀的猪，猪肉就放在后厨的板子上，我们从后窗进去，再撬开一扇没关好的门，就到了后厨。扛了半扇子猪肉，拿了一捆大葱、一捆芹菜、一罐头瓶子盐，还有一坨羊油，原路返回。连夜就煮了一锅肉，之前还凑钱买了一瓶二锅头，大块吃肉小口喝酒，实乃平生第一次如此爽快。连小马都喝醉了，这哥们看起来小鼻子小眼睛，蔫蔫的，贼能吃肥肉，别人都挑瘦肉吃，他专拣大肥肉片子往嘴里塞。看他吃得开心，我们也放心了：这家伙不可能去告状的，他也吃了。

这之后不久，我们又去了一次，可惜一无所获，大师傅们丢了东西学乖了，把肉什么都锁到地窖，什么时候用什么时候才往外拿。

偶尔吃一次肉并不能解决根本问题，我们还总是饿，总是饿，上课也饿下课也饿，一边拉屎一边饿。有不少同学都从家里带干粮，面饼、馒头、豆包之类。有时候，我半夜醒了，听见宿舍有吱吱的声响，一开始还以为是老鼠，后来知道是有人在啃冻得硬邦邦的干粮，就这样，还馋得我们整夜整夜睡不着。后来学校开始在早晨给学生热饭，凉干粮可以用饭盒装着早自习时送到食堂去，早饭时去拿，师傅们已经给用大锅蒸过了。

机会来了，我们便开始偷别人的干粮吃。一下自习，便疯狗一般往食堂跑，看谁的饭盒里有好吃的就把谁的拿走，吃完就把饭盒踩扁，扔到宿舍的棚上。据说那栋房子拆除的时候，工人们从我们那几间宿舍里拆出来一百多个各种各样被踩扁的饭盒。我们也并不总是小偷，有时候也是受害者，我那一年就差不多丢了五个饭盒。

有一次，学校里发生了一件怪事，放大周假回来后，一个女生宿舍被发现进了人。这个人把女生的内衣扔得到处都是，全宿舍就一个箱子看起来没被撬过，谁知那个女生打开箱子一看，里面赫然是一泡已经发干的屎。女生当时就哭着跑了。贼后来找到了，是高我们一级的一个师兄，也算认识。他经常和街上的小痞子混，欠了他们好多钱，就趁放假的时候留在学校，摸进一个女生宿舍，结果只找到了几十块钱，又不敢出来，怕讨债的，就住在宿舍里，拉屎也不出来，拉到了她们的箱子中。

这哥们立马被开除了，不过他的事迹据说一直是开学典礼上校长必谈的段子之一，校长换了好多个，他的名字却用一种奇特的方式成为不朽。

当肚皮鼓在我十几岁的年华中咚咚乱响的时候，母亲始终是那个为它定下基调的人，只有若干年后的今天我才会懂得，她所为我做的那些事的非凡意义。

有时候，我会不顾一切地找人给家里捎信，让他们给我带些干粮来。父亲大多对这种消息不以为然，母亲却为此忧心忡忡。如果好几天也找不到一个来乡里的人，母亲就在百忙的农活中抽出一天时间，骑自行车给我送干粮，她不舍得花五块钱坐班车。

有一年冬天，她走到半路的时候刮起了白毛风，天寒地冻，根本骑不了车，母亲便一路推了四十里地，到学校找我。而我当时对她的感激并没有超过对食物的欲望。之后，母亲围着一条十年前的围巾，又从风雪里花四个小时回家，她很少和我说这些，即便谈起，也从来是平平常常的语气。只有到她逐渐老去的现在，我才明白，我的肚皮鼓在她的生活里扮演着什么样的角色。

沙尘暴——没错，但比你所知道的要猛烈得多。

初二的某个春日，来自蒙古高原和西伯利亚的寒流带着地表的泥沙吹过来，暗无天日，而且风力极大。一阵大风将学校食堂的烟囱刮倒，本来就脆弱的伙食这次彻底完蛋，学生吃不上饭。学校无奈，让离家特别近的学生回家，以减少压力。本来期望夜晚来临时风会小，但事与愿违，半夜时风大如雷，黄沙更密。我们已经无心睡眠，大家都说："天哪，世界末日啦，咱们活不长了。"夜晚上厕所时大家都跑到门口去解决，反正很快会被大风吹走或被沙子掩埋的。

第二天下午，大家饿得厉害，学校里只有教师食堂还有饭吃。本来刮风之前那天，学生食堂是要蒸馒头给大家吃。两周一次的改善伙食，蒸馒头，大馒头。大师傅和面是在一个大锅里，因为面太多了，一个大师傅脱光了脚站在里面，用脚和面。

面都发好了，烟囱倒掉让这一计划破产。又过了一天，面已经发酸，马上就要坏掉。这时候，学校才决定用教师食堂日夜不停地给我们做饭，饭是什么呢？听听就让人兴奋——炸油饼，这并不是说学校仁慈，而是因为那些面再做其他的都不成，只能多放油去炸了，或许还能吃。尽管这饼吃起来酸涩至极，但我们还是很快吃完，这是两天来的第一顿饭。

这顿饭一吃完，学校就把大家轰出学校，必须回家，这时候风略小了些。我们才感到，这顿饭吃得有点像临行前的断头饭。不过大家对世界末日的兴奋劲儿早过了，特别想家，所以并没有想过这么贸然走几十里路会面临什么危险。

我当时推着自行车，用母亲给我包衣服的纱巾包住脸，不这么做，沙子打得人根本睁不开眼睛，呼吸也全是沙子。我从早晨一直走到晚上，有几段路在风口上，我差一点被风刮跑。回到家时，父亲他们正和一群家长盘算着找车去接我们回来。我一个人跑回来，自然被骂了一顿，当然被骂得更厉害的是校长。

我和母亲说：“妈，我都三天没吃饭了。”母亲给我炒了最爱吃的酸菜，烙了油饼。

可不知为什么，这顿饭的滋味我一点也不记得，按理它至少应该排在平生最值得纪念的饭的前十名的，我忘记了，我彻底忘记了，但这并非难过的理由。我所能记得的，只有一个人推着自行车在风沙中的感觉，而母亲为了我这么走过许多次。或许就是从那一天开始，我才真正地明白母亲伟大无私的情感。

晚饭后，风竟然停了，天也放晴，西天上火烧云烧得要死要活。

我去二爷爷家串门，看见他正在给一只黑猪扒皮。我们那儿一般是不给猪扒皮的，大家只是褪毛。二爷爷告诉我说，这只猪是横死的，吃皮不好，还是扒了。他把那只猪扒得一片血红，刀子动一下，斑斑驳驳的猪肉颤巍巍地动一下。

这只猪，被大风刮到了河滩里，从不高的小河岸上掉下去，摔死了。它是我所知道的，那次巨大沙尘暴所摧毁的唯一生命。

后来，我吃了一块猪肉，总觉得牙碜，一嘴的沙子味。

小乡俗

写老家，不能不写到乡俗、鬼怪和奇谈。这些我所经历的乡俗，所听闻的鬼怪和奇谈，是老家的一部分，也是老家人的一部分。在很多时候，它们甚至比谷物和牛羊还要重要。在偏远的乡村，并行着两个世界。一个是日常的生活空间，山川景物，鸡狗牛羊；另一个则是村人们的观念世界。这个观念世界，表现为奇特的风俗、事物、仪式和奇闻怪谈。第二个世界，有人信，也有人不信，都没关系，在那个电视尚未进入农村的年代里，每到夜幕降临，许多人家的灶坑或炕头，都会有这个世界的故事被讲述出来，在暗夜里流淌。

我每次回家，也爱打听这些事情，在我的心里，这些奇闻怪谈，是构成老家的最重要的一块拼图，如果没有它，乡村将失去它的魂魄，变得和城镇一样呆板枯燥。

今日，先说一些乡俗吧。

老家有许多乡俗，虽还不到奇风异俗的地步，但从我现在的生活回望过去，还是觉得它们独特而神秘。在那个较为安静而沉闷的山村里，这些乡俗如同另一个世界的昭示，跳跃着奇异的光芒和火焰。它们作为乡村的另一重秩序，缓缓流淌在春种秋收的大循环之下，隐秘地口耳相传，成为人们的集体记忆。

老家的乡俗，我记忆最深的，是和春节相关的种种事儿。

似乎一进入腊月，乡村就进入到一种隐隐的狂欢状态，空气寒冷彻骨，但炉火旺盛，不但是人，甚至猪狗牛羊鸡都能感到气氛的不一样。越临近年根，这种气氛越重。所有的孩子都以为自己和大人一样，参与了一年一度的大事情。儿时自然也最爱这一段，除了有新衣服，好吃的食物，对这种气氛的钟爱也是极重要的原因。

靠近年根的晚上，常有人到家里来，请父亲给他们写对联，我同弟弟们则提着自制的灯笼，前后村跑来跑去，或者用手电筒照黑魆魆的后山，希望看看夜晚山上有什么不同。手电的光，走不了多远就被黑暗吞掉了，但是偶尔远处的山脚下会有一束光晃过来，令我们惊叫。其实不过是看山人，或者去寻走失牛羊的人，被我们的手电光照到，本能的一个回应。

那时候，二大爷家的大哥、大姐和二姐也都小，且他家常聚集了打扑克的人、聊天的人，便成了据点。我爱去那儿，却并非为了热闹，而是喜欢看二爷爷的一件活计。大概每一年的这时候，二爷爷都会让二奶奶缝一个小布口袋，从仓房里挑出颗粒饱满的五谷杂粮装在里面，穿上他的皮袄皮裤，摸黑到村子前面的河滩，用镐头刨个深坑，把布口袋埋在里面。这个袋子一直是人们过年期间的念想，总有人提到它。等除夕过了，年初一，二爷爷又到河滩上去，把布口袋挖出来。回来和家里七七八八的人说："嗯，今年打麦子，多种点麦子吧。"或是："今年打谷子，多种谷子。"二爷爷判断的依据，都在那个布口袋里，他装在里面的五谷杂粮的种子，其中的一样或几样，已经发了芽，而其余的则变得干瘪了。我曾问二爷爷，为什么会这样。他说，冬天一尽，春天的节气一到，地下的热气就会往地上返，今年的地气适合什么粮食，什么粮食就能发芽，可以多种。当时我深以为然，觉得这种实验于农民、农业而言是极有道理的。只可惜，并没有仔细去查看当年的秋天，这几种粮食是否丰收了。

年二十九这一天，男人们多是劈一垛木柴，然后前院后院地去打牌赢钱去了，女人们的活计却颇多。除了准备年三十的食物，母亲常常还得做些看似不必要的东西，比如用黄纸折成的简易的香炉，贴在各个屋子里的墙上，香炉里放米，插上香。再比如用面粉蒸许多小米龙，米龙都用红小豆点了睛，香喷可爱，存放在米袋子里，直到第二年的这时候，才被小孩子摸出来，嘎嘣嘎嘣啃掉。还有一项工作是不可少的，我们家族里，不知道是起源何处，都要供奉南海大士和无量寿佛两路神仙。供奉都很简陋，连神位也是用黄纸折成的。爷爷活着的时候，总是他来折，等他故去，这活儿就落在了弟弟的手里，也不知因何，全家就只有他一个人记得折法。折好了，这两个神位上要写：南海大士之位、无量寿佛之位。还须用红纸，截成两条细瘦的对联，南海大士那副写：清晨三叩首，早晚一炷香；无量寿佛那副写：莲台座上客，紫竹林中仙。过年那天，贴完了院子屋子里的对联，母亲就会将这些神位和小对子贴在西屋的一面墙上，另附两张挂钱儿，香炉里燃上香，嘴里念叨着神仙保佑。

黄色的纸，在春节时总能用到。除夕吃的饺子包完了，母亲也要用黄纸盖上。还有一些黄纸，折成元宝的形状，放在那儿备用。第一碗饺子盛出来，母亲都会在屋门口放一个桌子，把饺子摆上，将纸折的元宝烧一些。然后再搬着桌子到仓房、羊圈、牛圈门口烧一些。我问过母亲，这一套仪式从何而来，她竟然也不记得，只是说："人家都这么弄。"其实不尽然，村里家家虽都有供奉，但供奉的名目和形式几乎都有差别。四叔家里，除了上面提到的两位神仙，竟然还供奉过狐仙，也不知从哪路来的。甚至有人供奉的是黄大仙，也就是黄鼠狼子，小孩子们总在一起议论：“供黄鼠狼子，不怕臭吗？”

也有的人家，信佛吃素。所谓吃素，还分了种种，有人只是年三十晚上吃素，有人则吃一个正月。虽有了这信仰，许过愿，却又不愿彻底摒弃口舌之欲，便把别人家年三十要吃的东西，全都放到年二十九来享用。问过一些吃素的亲戚，如果吃了荤会怎样，几乎人人都答：“万万不可能的，那一天闻到荤腥就恶心。”据说，有的人家因为锅没有刷干净，还残留着荤油的气味，吃了饭之后一家人均上吐下泻，折腾了四五天。我常以为，这种情形大概是由于心理因素引起的，但这些人们则真诚地以为，那一天不实实在在地吃素，就是对信仰的不敬；如果实心实意地吃了素，拜了佛，哪怕只是一天，佛祖也是保佑的。看来佛祖真是宽容，好对付。

正月初五，被称为破五，所谓“破”，就是春节时立下的种种规矩，比如不可理发、不可打碎东西、必须说吉利话等可以破掉了，也就是从节日状态逐步恢复到日常状态。破五的时候，要吃饺子，要放鞭炮。

之后就是正月十五，所谓元宵节，我们家里从不吃元宵，但有一项活动却是必做的，那就是“撒灯”。这一天白天，我们都会从三叔家的柴油机里抽一些劣质柴油，回去拌了谷糠，然后用撕成小块的报纸包成拳头大的团。大概，总要做上百个，摞在柳条筐里备用。

等天黑尽了，各家的鞭炮响过一阵，就都出来把浸了柴油的谷糠团点燃，十几步一个从自家的院子里往外撒过去。满村的人都在撒，十几分钟的时间里，从山头上看，整个村子的道路都亮着闪闪的灯，犹如鬼域，而天空黑漆如炭。不知道这习俗的人，倘若此刻从村口进了村，一定要被吓到的。村里有许多孩子，把废弃的车胎点燃了，戴着厚厚的手套在大街上滚，风助火势，旋转的车胎犹如哪吒的风火轮，而烧化的胶皮带着火焰，也是滴了一路，不几分钟就被风吹熄了，留下胶皮燃烧的味道，久久不散。

我们常和村里年纪差不多的少年一起，装两筐谷糠团子，到村子南边冰冻了的河水上去撒，沿着河床走势，在冰上点一条火龙。或者北边的山坡，昏黄的灯火会沿着山脊一直到很远，等谷糠团子都撒完了，也差不多到了山头，四处一望，各个村子和村子周围的路上、山上，都闪着一条蜿蜒曲折的灯龙。

还有人扛了几捆干草，到村子东北面的山包上去祭敖包，祭敖包应该算作蒙古族人的习俗，不知为何也被村里人学了。他们在山头上点燃干透的干草，山头风也劲，很快火焰就烧到几丈高，热气四散，村人们把鞭炮、双响甚至烟花都一股脑儿扔到火堆里，火中央噼噼啪啪一阵怪叫乱响。我们怕伤着，都不敢靠近，围在周围，多少有了些灵魂出窍的感觉。

一个多小时之后，所有的灯都熄了，整个村子和世界重归黑暗和宁静，刚才那一种狂欢式的火的盛宴，似乎未曾发生过。的确，村里人已经坐在热炕头上打牌，或者看电视了。我却不甘心，常拿着手电沿着家里撒灯的路线一路往外看过去，瞧瞧那些燃尽的灰，有的还闪着残存的火星。我看远处的山坡，虽知道灯早就熄灭了，可看在眼里，仍会觉得有一条闪烁的长龙在那儿蜿蜒着。

从上高中后，似乎再也没在家里过一回元宵节，但我从电话中得知，家里仍年年会撒灯。每当我想起这个节日，就会有许许多多火焰腾地烧起来，在村子的街道，在山脊，在冰冻的河。

关于这个撒，还有一项村俗是和它有关的。那就是，正月二十五，要撒仓房。那天一大早，父亲会把整个院子扫干净，而灶坑里的灰烬，这一天却并不倒出去，父亲把它装在簸箕里，到刚扫完的院子中间，在正门口用灰撒成一个大圆圈，再画上门，院子的其他地方则画四五个类似的小圆圈，象征着大大小小的仓房。圆圈的中心，会撒上麦子、玉米、谷子、大豆等粮食，我和弟弟有一个艰巨的任务，就是看着鸡鸭，防止它们在太阳出来之前把灰仓子里的粮食吃掉。我问父亲为何要这样做，意思是什么，他也不甚清楚，只是说保佑一年五谷丰登。这话应该也不错，农民的所有期盼归根结底，也就是个五谷丰登而已吧。等太阳出来，我们到屋里吃饭，鸡鸭就嘎嘎叫着享用粮食去了。

即使村里最老的老人，也说不清这些习俗是如何来的，虽然这个村子的建立也并不久远。又或者，这些村俗是他们迁徙来之前就已存在，更在颠沛流离的过程中发生了这样那样的改变。只是近年来，这些乡俗渐渐淡化甚至消失，人们都躲在屋子里看电视，连拜年也倾向于打电话了。也不独是我的老家，在中国所有的乡村，都是这个样子。即使是孩子们，也不再如过去一样，喜欢揣着鞭炮到处去玩，而是更愿意摆弄游戏机，爆竹声正慢慢地让位给游戏机里面的声音。

鬼且怪

从小到大，实在听了太多鬼怪的故事，爷爷所讲的笑话里，最具代表性的就是《张三闹鬼》。但这里要写的鬼怪，却并不仅是故事，它们几乎就是村里一个个无形的角色，虽并不一定真的存在，却和那些树木、牛羊一样参与着农民的生活，和他们一起经历白天与黑夜。拣几个有代表性的，写一写吧。

马虎

童年所听闻的鬼怪，现在想起来，带了许多温馨色彩，并不像当年一般恐怖了。最早的一个，应该是马虎，没人知道具体是哪两个字，只是发音接近“马虎”。每有小孩要哭，长辈都会吓唬说：“别哭了，再哭马虎把你抓去。”至于马虎是个什么样的鬼怪，也无人可以说清楚。我们只是知道，一个名为马虎的东西，无处不在，专吃小孩，只要小孩一哭，它就会过来把他捉走吃掉。年纪稍大，自然明白了这不过是大人的把戏，比如三叔家的文迪出生后，极其爱哭，而且声音巨大，常常一哭几个小时不停。三叔他们实在没招，马虎之类根本吓不住，就把他放到爷爷家漆黑的仓房里去，让他一个人哭。大人躲在门外，过了一小会儿，他果然不哭了，大人就过去抱出来，可刚一出门他就又号哭起来，令人不解。等看了点心理学，想大概是他的某种需求人们没能发现，故而不停啼哭。

后来上学，看到鲁迅在《朝花夕拾》的《二十四孝图》里写："北京现在常用'马虎子'这一句话来恐吓孩子们。"索引还说，马虎子正确地写起来，是《开河记》所载：给隋炀帝开河蒸死小儿的麻叔谋，也即"麻胡子"了。但在老家的村里，提起鲁迅，几乎无人知晓，更何况这个麻胡子。可见世事如此奇怪，两个吓人的东西，竟然都不约而同地叫"马虎"，又或者是一个马虎，穿越时空，相望于江湖了。

只可惜，如今在老家，很少有人再用马虎来哄孩子了，大人们的话语，渐渐转成了"再哭不给你买糖吃"一类。孩子们为了吃糖，或者吃别的什么，也就止住了哭声。因恐惧而停止哭泣，和因为美食而停止哭泣，这中间的区别是什么呢？大概儿童心理学家能说得明白些，但我现在想来，把引起孩童无限想象的一个鬼怪，化成了实实在在的食物，至少算不得什么进步。

虽然家家有电灯，但乡村的夜晚仍然是黑色的主场，我走在黑夜里的村路上，所想念的，竟然就是童年时惧怕的马虎。

大白兔子

村里的人们传言有一种怪物，俗称“大白兔子”，意思是成了精的白兔子。别的颜色的兔子，似乎很少有成精的，唯有白，也不只是兔子，狐狸、狗和许多其他动物，只要是白且白得纯粹彻底的，就几乎必须要有灵气才行。传说，有一家人，有个小姑娘，小姑娘极爱美，她央求父母许久，父母终于舍得钱给她做了一双红色的鞋子。小姑娘黑夜把鞋子脱在炕沿下，晚上睡觉的时候，大白兔子钻出来，看上了她的红鞋，可它是兔子，穿不了鞋子，便钻到那女孩的身体里，借她的脚来穿鞋子。而这女孩，被白兔子附了身，精神日渐萎靡，几乎要死掉。

家里人寻医生久治不愈，听村人劝说，请了一个远近闻名的香头来看。香头也就是巫师，到她家里，前后转了一圈，掐指算算，说：“呀，这孩子中了大白兔子。”家人惊惧，都问还有救否。香头说不打紧不打紧，只要找到这白兔子在这里恋着什么也就好了。家人就想起来，自从病了，这孩子的红鞋子是一刻也不曾脱掉，别人一旦要给她脱掉，她就尖叫哭号，几乎断气。香头就说，是了是了，白兔子极爱美，一准是看中了这孩子的红鞋，它的魂钻到孩子的身体里。香头便四处寻找这兔子的真身何在，叫那女孩起来走，女孩走着走着，到了家里的柴火垛，便不动了。香头就扒开柴火，看到一阵白光掠过。女孩瘫在地上。香头说，这白兔子还会回来的，就找黄纸，割破一只大公鸡的脖子，蘸了鸡血画个弯弯扭扭的符，贴在红鞋子里，让女孩穿上。

果然，夜里这白兔子又来了，被符压住，香头和它对话。

“还敢来祸害人不?”

“不敢了，再也不敢了。”大白兔子用女孩的嗓子，尖细地说。

“再来定要你性命，这双鞋你拿走。”

“走了，走了。”兔子说。

就看见那双鞋凭空脱下脚，飘动着往外面去了，而女孩沉沉睡下，呼吸均匀，得了救。

这个故事纯属听来，但另一件却几乎可以说是经历了。我们读初中时，突然听说一个隔壁班的女孩发了疯，见人就咬，乱喊乱叫，校医看不了，卫生院的医生也不晓得是什么病。这学生嘴里念念叨叨：“我把你们都吃了，我把你们都吃了。”

就有人说，她是中大白兔子了，依据何在呢？依据是她同村的一个学生说的，说她在家时曾中过一回大白兔子，后来找人禳治好，这一次的样子和那一回极像，一定是如此。于是众人也都觉得是如此，否则难有解释。和这个女孩虽然不熟，但还是打过不少照面，想起来，确实是一个常常描眉画眼，极其爱美的女孩子。这女孩被关了两天，叫她父母接了回去，再无音讯。而关她的宿舍，却是谁也不愿去住的，只好空着，一直到第二年开学，来了新的全不晓得事情的学生，才住进人去。

我能想见，这传说好大一部分，是农人对美貌和对美的追求的抵触。在他们的观念中，朴素的、简单的，才是好的，但凡是鲜艳和过于美好的事物，都可能预示着灾祸。

白魔黑魔

白魔故事是二大爷讲的，且信誓旦旦表示果有此事。说有一天他从村东回来，路过村里正在建的小学，碰到了村东一个叫韩林的小伙子，小伙子哭着让二大爷把他送回去，他害怕，刚才碰见白魔了。二大爷以为这孩子逗着玩，就说："你叫我声爸爸，我就送你回去。"哪想他连声叫爸爸、爸爸，二大爷知道可能真有事，心下也有点打怵，但既然答应了，只能去把他送回去，之后自己一路小跑回来。

白魔黑魔的传说是这样的，据说有两个魔，一个是白魔，一个是黑魔，白魔黑魔的腋下各有一个大口袋，你拿块土坷垃放在左边口袋里，掏出来就是银子；拿块石头放在右边口袋里，掏出来就是金子。据说，不远处有一家穷得叮当响的人家，忽然一夜发了家，就是他们家的愣小子碰见了白魔黑魔，换了好多金子银子。

二大爷讲完这事，我们都唏嘘感慨，遗憾错过了发财致富的绝好机会，恨不得自己立刻跑到外面的黑夜中去，装上许多石块土块，去换金银。几个兄弟推推搡搡到屋门口，掀开门帘，瞅见外面漆黑一片，吸了几口凉气，又缩了回去。他们虽然爱财，却更爱命吧。

我曾以这个故事为蓝本，写了一篇小说，叫作《管我叫爸爸》。

鬼打墙

爷爷年轻时，和太爷爷赶大车，一年三百六十五天，差不多每天都是在道上过的，走夜路那是家常便饭。夜路走得多了，就不免碰着些稀奇古怪的事。

有一次，爷爷他们从西乌旗回来，一队十驾大马车，装的全是牛羊皮，是一个南方皮子客的货。本来路程也没那么急，说是半个月送到就好，可南方老客不知从哪儿得了消息，说十天后旗里下来检查，要打击他们这些贩卖皮子的老客。他着急，让车老板儿无论如何也要在十天内把货送到，好装车运到南方去。这个老客是个老主顾，人不错，结账什么的都挺干脆，大伙就想十天虽然紧巴点，但是多给牲口点草料，赶赶夜路，还是来得及的。

前三天，每驾车两匹马轮换，马歇车不歇，一连三天三夜没合眼，第四天人不成，马更是累虚脱了，太爷放下话来，说无论如何得站一站，让人马都休息休息，要不后面的路也快不了，弄不好还要损失牲口。找了一家大车店，把车卸了，给牲口添足足的草料，他们二十个车夫喝了十几斤二锅头，吃了两锅小米干饭，衣裳没脱脸没洗，躺倒在大炕上就睡过去了。

第五天天刚麻麻亮，一队人就套车出发，可是没想到爷爷车上的一匹马晚上吃了太多豆饼料，饮了冷水，因为连日劳顿，闹拉稀了。只能把病马挎在辕马边儿上，跟着上路，头一天还能和大队跟上，到了第七天，辕马就撑不住了，太爷只好让他们先走，他和爷爷两个人站下歇了马，再追赶，估算着时间还来得及。

歇了半天辕马，病马也快好了，他们不敢耽搁，麻利地上路，追前面的大队去。这已经是第八天了，这天到了夜里，天可真够黑，对面不见人。太爷在前面赶车，爷爷在后面跟着，过那么一小会儿他就要问一声："长生哎，你还在不？"

爷爷就大声说："在哩，爸！"

过一会儿，太爷又问："长生哎，你还在不？"

爷爷就又大声说："在哩，爸！"

就害怕一不留神，两个人走丢了，那么黑的天，根本找不着。好在驾车的是匹老马，这趟路也走过十来回了，黑天也能知道道儿。

按路程算，他们那天应该是到了左旗的地界儿，就盒子山那儿。黑灯瞎火，也不知走了多少时候，太爷停了车："吁！"老马站住了，"长生啊，好像不太对，我咋觉着挺长时间没踩到车辙了呢？你用脚四下踢踏踢踏，看能找到车辙不？"

爷爷脚跟脚地在地上踩，差不多踩出去方圆一丈多，全是平地，车辙的印子一点也没有，就觉得头皮发麻。赶大车、走惯夜路的都知道，不管啥时候身子都得在车辙里头，在车辙里头那些神啊鬼啊就不敢进来，抓不走你，它在外边咋叫唤都不怕，就怕你一脚出了车辙，可就危险了。

"爸，好像没车辙，咋回事？"爷爷害怕了，虽然跟着赶了好几年的车，走过许多回夜路，但还没遇过这种事。

太爷把马笼头给他，拧开手电筒照了照，自己也踩出好远去，还是没找到车辙。

“坏了，八成遇见鬼打墙了。”

鬼打墙在乡间流传很多，大致都是说人在夜路上走着走着就没道儿了，然后就四处走，可咋走最后都回到原地来。再不就是，你看着眼前挺宽一大道，沿着走下去，前面就是一大沟，一脚迈进去，摔不死也残废了。

“是遇见鬼打墙了，”太爷重复了一句，“咱们还不知跑出正道多远哩，今儿夜里天黑得怪，我就知道要出点事，果不然，真撞上了鬼打墙。怪不得刚才老马总是往左拉我呢，八成那时候就偏了。”

爷爷听了又害怕，又兴奋，鬼打墙以前都是听说，今天竟撞见了。太爷可不敢大意，想尽各种办法来断定方向。他把笼头放到最长，让老马自己走，老马慢慢地迈开蹄子，走了几步又把头转了一个方向，走了几步又转了一个方向，最后还是走到了原处，老马急了，就要挣脱缰绳乱跑，太爷赶紧死命拉住。爷爷接过来，把笼头紧紧地绑在腰上，拉住马。太爷打了手电筒，四面八方都晃几下，这是赶大车的暗号，如果有其他车队的人看见了，就知道是遇见了麻烦，会过来帮忙。可半天，除了一抹的黑，一点回应也没有。

“没办法啦，只能等了，看能不能撑到天亮吧，路程是赶不上了。”太爷说，他把笼头从爷爷身上解开，拴在自己身上，拉着爷爷蹲在地上，从怀里掏出烟口袋，摸黑卷了两根儿旱烟。点着了，自己叼一根儿，给爷爷一根儿。爷爷说不会抽烟，他说不会抽也得抽，鬼怕火，烟还能把乱七八糟的东西熏走，两个人抽烟比一个人管用。爷儿俩就一根儿接一根儿地抽，旱烟劲儿真大，才抽了两根儿爷爷的头皮就麻了，怕太爷训，也不敢告诉他，只能接着抽，后来迷迷糊糊地睡着了。

爷爷说，他醒来时，天开始亮了，一睁眼看见灰蒙蒙的亮光还不习惯，太爷正在套车，夜里不知什么时候他把车卸了。爷爷说：“没事了。”太爷说，你往前再走几十步看看。爷爷就沿着昨天的方向走了几十步，一个几丈深的大沟就在眼前，吓得一哆嗦，心想昨天要不是站住得早，人车都毁在这沟里了。再看沟对面，一片坟地，羊奶子似的坟包密密麻麻有几百个，坟头都长满了杂草，也不知是哪来的这么多荒坟。

爷爷他们差不多向北偏了五里多，在一个下坡地，车辙被秋雨冲刷没了，昨天就是从那里偏到坟地去的，那个大沟也是山洪泄水时冲出来的。他们打着马快走，终于在第九天下午赶上了大队。见了面，太爷就和他们说了撞见鬼打墙的事，大家都有点后怕，又说走夜路，这是难免的。其实，这是走夜路时，人的一种意识蒙眬的状态。

奇谈

鬼怪之外，另有一些奇异的事情，这些事虽然无法证实，也毫无科学根据，却比鬼怪的传言还实在。说实在，是因为在老家，几乎人人都信果有其事。这些以科学的眼光看绝无可能发生的事，却填补了农民对于世界和人生的许多迷惑，这填补是以想象的方式完成的。

水先生

我们小时候，爷爷家的西屋里住着水先生，他是个算命的，在很大一片土地上都很有名。不知道什么缘故，他每年都会到家里住上一两个月。我和弟弟去那个屋子里玩，总看见他穿着一身黑的棉袄棉裤，坐在炕头上，笑眯眯，慈眉善目。水先生特别喜欢弟弟，一只手摸着他的头，另一只手在自己的怀里掏啊掏，总能掏出两块糖或几颗枣，别的孩子去，他是不给的。

他跟父母说："这个孩子将来是有福之人。"父母听了自然高兴。

据说水先生是一百年才出一个的修道奇才，年纪轻轻就修会了奇门遁甲的功夫，能骑着扫把在天上飞，日行千里。老人们告诉我，有一年除夕夜，水先生下了炕，说要走。众人都惊异，这么晚，走到哪里去呢？都劝他，他并不搭话，在地上画了个圈，拈了两张黄纸，嘴里喝一声："招。"黄纸烧起来。水先生跳到圈里，等黄纸烧完了，腾地出现一股青烟，就不知所终了。

本来，水先生可以修炼成仙的，可惜运气不好。水先生终生未娶，年轻时在家里偷着练习法术，趁着月色在天上骑着扫帚飞。家里的嫂子晚上起夜，到房后墙根小便，抬头看见了他，吃惊地叫了一声，水先生一低头，看见了嫂子，呀的一声从天上掉了下来。水先生说，因为看见了不洁的东西，这门法术算是破了，骑多大的扫帚，也上不了天了。

我那时年纪还小，对水先生无限敬仰，有许多次我偷偷跑到西屋里，希望他能泄露点天机，或者能收我为徒，教我学在天上飞或者遁地的法术。他却总是低眉坐在那儿，一言不发，类似于灵魂出窍般。

不知是哪一年，水先生走了，再也没回来过，我年年都问奶奶，水先生什么时候回来，奶奶说不知道。但能时常听闻，水先生又在几百里外的某某村施了法术，捉了什么精怪之类。水先生是我童年所见的第一奇人，虽然他那些神仙法术我一样也没亲见过，但讲这些事的人，却都赌咒发誓说确有其事。在童年时，我是相信的，即使是现在，我在情感上也愿意相信，水先生能飞天遁地，倘若没了他，那我的童年会逊色许多。

送别奶奶

我在《老头们》一篇里，曾简略叙写过奶奶去世的情形，事实上，关于这事，我记忆里还有许多枝枝节节。奶奶咽气后，我并没有特别的悲伤，只是晓得家里发生了大事，人们一个个面色凝重。父亲和三叔并一些村里人，在三叔家的院子里拉了电灯，和几个木匠彻夜锯木头，给奶奶做棺材。我和一群孩子，在院子里跑来跑去，将他们不用的边角料，拿去当枪使。我总记得那时的场景，在农村一入夜就黑漆漆的时候，三叔家的院子里亮着几十瓦的灯泡，七八个汉子光着膀子，锯木头，钉钉子，忙而不乱。一旦回想起这个场景，脑海里就都是刺啦刺啦锯木头的声音。

奶奶出殡，我是长孙，戴着孝，走在棺木后面第一个，走几步就磕几个头，送别奶奶。八个壮劳力抬着棺木在前面走，才不过几步，就觉得肩膀骨头重压欲裂，呼喊着换人，换了一拨人，也才支持几步。众人都说，老太太不舍得走呀，得说道说道。就有执事的人告诉我和奶奶的一众孙男娣女，嘴里要告诉奶奶，好好走吧，家里一切都妥妥的。我们就磕着头说："奶奶，你好好走啊，家里都妥妥的。"大姑小姑几个，听说奶奶不愿意离去，哭得呼天抢地，被人搀扶着。终于出了村，抬棺的就有些健步如飞的意思了，直到北面的山坡上。仿佛这具棺木真的会忽轻忽重。

奶奶入了土，并不算是送完了她，还有一个步骤。在村子南头的地里，有一座极小的房子，都称之为小庙。临傍晚的时候，有人带着我们到小庙前，焚化了许多冥币和海纸，地上积了厚厚一层纸灰，据说五岁以下的小孩子能看见，纸灰上有一行浅浅的脚印，那才是奶奶的魂魄离开的痕迹。我当时跪在小庙前，大概是年龄超过了，看不见有奶奶的足迹，但心里却在默默念叨："奶奶，再见。"于我而言，奶奶的真正去世，并不是她停止呼吸的那一刻，也不是她的棺木被覆上泥土的一刻，而是此时。我想象过，奶奶小小的脚，从这里往北面的山坡上去了，一个人孤零零地走。这么想，让我心里不禁酸楚，后来只能安慰自己，奶奶也不孤单，很早就到了另外一个世界的老一辈人们，一定早早就在等着迎接她了。

因为爷爷去世时，我并不在家，所以为奶奶送行，是我迄今为止唯一的一次亲身参与殡葬仪式。长大之后，我才晓得，这个仪式对村人来说是何等重要。我的父亲母亲、叔叔婶婶和姑姑们，在奶奶去世后的一两天并没表现出极度的悲伤，但在送葬的路上，他们的哭声撕心裂肺，小姑甚至差点哭断气，奶奶走的时候，她连婆家也没找到，一边哭一边念叨："妈呀，你丢下我不管了……"我慢慢懂得，对亲人们而言，死不是亡，而是"往"，是到另一个陌生的世界去，并且永不再回来。于是，死对死者来说也就是一种别离，是刻骨铭心的离家远行。

盗墓

现在，市面上热销着《鬼吹灯》和《盗墓笔记》，我都翻看过，很清楚这些不过是虚构。但我在小的时候，常会从大人那儿听到许多盗墓的故事，比如村里的某某人家，挖到了一个翡翠的酒壶；邻村的某某，挖到了许多金子。在老家，没人用"盗墓"这么文绉绉的名字，大家都喊作"挖王坟"，因为只有王爷或大官的坟，才可能有好东西。我一直想去和村里被传言挖过王坟的几个人聊聊，但都不成，人家不会承认这事，毕竟是犯法的营生。

我高中时有一个同学，属于那种自小神神叨叨的人，每天研究八卦，曾鼓动我们同宿舍的几个同学和他去挖王坟，他说，他连坟眼都看好了，从哪儿下手，挖到多少多少米，必定见真金。我们虽真心向往这冒险之旅，却害怕如电影里一般，遭到各种机关暗器的算计，丢掉性命，不敢同去。而我与挖王坟最近的距离，是父亲所经历的一件事。

有一年夏天，家里的老母牛丢了，父亲夜里去后面的山里找牛。那个夜里，天没多黑，四处蒙蒙亮。父亲到大北沟那儿，也就是家里祖坟再往北一点，过了土长城。据说，土长城北面原来是高丽国的地界，后来蒙古族人把高丽人赶走了，可高丽人的坟还在那，其中就有高丽王爷的坟。我们不知道这传言的真假，但家里在这儿有块地，几乎每年种地时，都能从土里挖出又长又大的腿骨棒子，村人都说是高丽人的，因为从腿骨上判断，死者个子很高。

父亲走到那里时，听见哗啦哗啦的声音，心想可能是牛在这儿。声音是从一个大土包后面出来的，他走过去，哪有什么牛啊。父亲仔细听了听，听出是从地下发出来的，地上堆着一大堆土和石头，还是湿润润的，像是刚被人扔上来时间不长。父亲偷偷过去，看见土堆旁边放着一个盆，像家里用的脸盆那么大，一个酒壶，四个小杯子。盆很轻，在黑夜里还闪光，酒壶和杯子都挺沉，看不出来是什么做的，可能是陶的，也可能是瓷的。父亲看那盆挺好，想拿了，可还要找牛，就想先放这儿，回来再过来拿。

父亲从梁上过了山，山后是一片榛柴林子，那里边有橡树籽，牛最好往这里头钻，进去就出不来。父亲沿着坡下去，摔了好几个跟头，天虽然不黑，可路不好走。找了半道坳，也没见到老母牛的影子。父亲到山梁上抽烟。刚点着烟，就闻见一股新鲜牛粪味，四处一找，发现是在不远的一棵杨树下，看样子刚拉完不久，不过半个小时。烟也顾不得抽了，父亲顺着山坡下到另一面的榛柴坳，那里面榛柴密挨密，扒拉着进去不远，就看到了家里的老母牛，被挂住了。

父亲费了半天劲，才把它弄出来，赶了牛下山。到大北沟那儿，想着再去找那个盆。离土堆不远的时候，父亲看见两个人影从地下爬出来，每人背着一包东西，这时候老牛哞地叫了一声，把那两人吓坏，一溜烟跑了。父亲也被他俩吓了一跳，看他俩跑了，也加紧步子。老牛走在前面，一蹄子就把那个发光的盆踩碎了，父亲过去时已经成了碎片，来的时候看见的酒壶和杯子也找不见了。

父亲一身疲累，赶忙赶着牛回家。第二天白天又过去，想看看他们还留下什么值钱的玩意儿。奇怪的是连盆子的碎片都没有，他们挖的地方也被填死了，只剩下杂乱的痕迹在那儿。而这痕迹，经过几天风吹日晒，半场雨水，又同周围的土地一样了。

戏与影

戏

这个“戏”字，在记忆里，用一种很不牢靠的逻辑，维系着看大戏、马戏团和变戏法三类事。它们又是根子里极相关的，在那个以循环往复、平淡自然为主的老家，它们是一棵树里横斜出来的枝杈，是犹如天外来客般的“别处的生活”。因而所有的戏，都是乡村的隐秘的狂欢。

先说看大戏吧。老家所在的村子，名叫富山屯，俗称大营子，因为在附近的几十个村落里，它规模最大，人口最多。大营子东面的邻村叫兴隆山。在二十多年前有个传统，大概过个那么两三年，兴隆山就要请戏班子来，到村子里唱三五天戏。这里唱的戏，不是东北的二人转，也不是山西的二人台，竟然是京戏。之所以如此奇怪，是因为在老家的地界，风俗近东北，地域上又临山西，如果要请戏班，按道理应该是请这两种，方才合适。不知道什么缘故，请来了咿咿呀呀唱的京戏，大家都听不很懂。据说是，兴隆山有一户大家，祖上是京城的高官，留下了听京戏的家俗，子孙们虽破败了许多，也还是比专门种田的农民好，就组织村里人请戏班唱戏。戏班被请过来，似乎也没有什么大不了的名头，只是因为在农闲时节，要寻乐子罢了。

但凡兴隆山村要唱大戏了，总是在十天半月前就传遍十里八乡，纷纷说："过两天去看大戏呀。"请戏班都是在农闲的五六月份，人们刚刚薅过地里的二遍草，长高的谷子、黍子，已经用犁杖深深地蹚过了，夏忙已过，秋收尚早。我们村里有人赶着马车去乡里或镇子上办事情，回来看见他们村往年唱戏的空场上，堆满了木头，就知道又要搭台子唱大戏。很快，村里人都知道有戏看，有事没事便到兴隆山去走走亲戚，探听各种消息：今年的戏班是哪儿来的？究竟几月初几开戏？都唱些什么戏文？一共唱几天？各人探听回来的消息，不尽相同，甚至一个人的话，前后两天也矛盾。但过些日子有大戏可看，却是实打实的，确凿无疑了。

村里人都早早张罗着了，把去年打下的葵花子从布口袋里倒出来，放在太阳下晒，用簸箕簸去秕子，在热锅上炒熟。没有葵花子，就炒上几箩黄豆，扔在嘴里咯嘣咯嘣当嚼头。小孩子尤其兴奋，这是大人们的节日，更是孩子的节日。我们平日里在土里玩，常常两个人伸着胳膊拉扯，嘴里念叨：“拉大锯，扯大锯，姥姥门口唱大戏，小外孙子也要去……”这儿歌几乎是个孩子都会念的，虽唱戏的地方不是姥姥家门口，我们还是会心满意足地觉得，儿歌里的词，终于要变成了真事。我和一众兄弟姐妹，常聚在一块，计算和比较着各自的零花钱，盘算着这些零花钱能在看大戏的时候买几根冰棍、几根糖葫芦、几块麻糖。

开戏的那天，爷爷套上骡子车，把全家人都拉去。那儿早已经人山人海了，靠前的地方，前一夜就被兴隆山本村的人占了去，我们只能靠后，把车卸在很远处，在地上铺了毡子，团团坐在那，等着唱戏的登台。

一直到日头很高，敲锣打鼓拉三弦的人终于搬着凳子上了台，各自找了位置坐下，吱吱啦啦地试音，摇头晃脑闲散地拉一段。然后戏台左侧的布帘掀开，进来一位穿戏服的演员，踱着方步到台中央，说了几句念白，大概算是戏文的导入，接着就唱起来。事实上，台下大部分人都听不懂他唱的是什么内容，大家只是听，听咿咿呀呀的声音在空旷旷的乡村里响，看唱戏的人一板一眼地做动作，依然觉得无比有趣。我当时满盈着好奇心，想知道他们究竟在唱什么，努力去辨别古怪唱腔背后的故事，总是脑袋想疼了，还是猜不完整。到后来，我开始无比渴望他们停下来，不再咿咿呀呀地唱，而是一字一顿地念白。我觉得，这样怪腔怪调地说话真是好有意思，便同其他孩子学，互相用唱戏腔调说话：

“你们早晨吃啥饭?”

“吃小米干饭呀呀呀。”

“没有菜吗?”

“有啊，咸菜疙瘩……”

然后一阵哈哈大笑，笑到眼泪要流出来，仿佛早晨那顿并不丰盛的小米饭就咸菜，也有了不同的滋味。

看了两天戏，大概可以辨别出书生、花脸、忠臣、奸臣了。小时候觉得书生与众不同，毕竟是读书人嘛，比台上滑稽的小丑、令人生厌的县太爷要有意思得多，何况扮书生的，多是俊朗的小伙子。书生一出场，多半也就有涂脂抹粉的小姐出来，和书生咿咿呀呀地谈起恋爱，或唱到末尾处，终于羞答答地谈婚论嫁，成就一段美满姻缘。这种事总是让人生出许多幻想来。

但因为听不懂，我对京剧始终培养不出好感，更不喜欢极慢的节奏感，也就记不得听过什么具体的戏文。但有一段，应该是毕生不忘的。那段戏是说，一个书生要进京赶考，每天窝在家里苦读，做文章，急躁躁地踱着步子在戏台上走，抓耳挠腮，却做不出文章来。戏台上走了半天，书生就将纸铺在凳子上，一屁股坐将上去。这时有位小姐上台，问他在干什么，他就用念白的腔调说："小生在做文章呀。"我终于知道，原来文章是可以这般"坐"的，再遇到老师布置了写不出来的作文，也会把作文纸放到屁股底下，坐一坐，结果除了作文纸变得皱巴巴，文章还是一个字没有。

看了几天戏，听得很无味，零花钱都被戏场周围卖冰棍的、卖花生的、卖瓜子的、卖麻糖的赚了去，也知道再不可能从父母那儿讨到半分钱，就想去戏台后面看看。有人说，那些唱戏的卸了装和我们一样，我当时很不相信，觉得他们无论如何不该和我们一样，至少他们说话、动作、神态，和我们不能一样。围着后台的帆布不知道怎么出来的一个洞里，我和另外两个小孩，钻到了戏台子后面。露天戏台的后面，也并没有什么，演员都是在村民屋里画脸和换装的，这儿只不过是演员候台的地方。我们看见，刚才唱戏的书生叼着一根烟，吞吞吐吐地吸；那位小姐，伸着粉色的舌头吮着一根冰棍，因为天气热，他们都敞着戏服的怀，露出里面汗津津的 T 恤衫来。那书生看见我们，扔了烟头，挥舞着手臂赶我们走，嘴里喊着："干吗呢？出去出去，这地方是你们来的吗？"那位戏台上文静的小姐，撇撇嘴骂道："傻孩子。"又把冰棍伸进嘴里，使劲地吮吸去了。我们灰溜溜地从洞里爬出来，想到他们前台后台两种作态，心里失望至极，也才明明白白地晓得，戏果然是假的。

这大戏终于唱完了，戏台子被干活的人拆得七零八落，人们赶着马车，骑着自行车，步行，往四面八方散去。那脚步和身影里，是含着一种说不出的满足和疲惫，他们路过庄稼地，忽然发现垄沟里又长出许多杂草来，忽而想到，自己地里的玉米，似乎早该去瞅一眼了。那种过惯了的劳作的生活，就从远近的田里蔓延过来，很快就把所有人席卷了。人们在路上回回头，望见看了几天戏的地方，像做了场梦一样。

从我上初中开始，邻村再也没请过戏班了。我后来离家住校，每到那个时节，就会怀念从前看戏的日子，觉得那种感觉真是好得很。等课文上读到鲁迅的《社戏》一篇，虽然南北时空相距遥远，时代与环境的差异更甚，还是会觉得有一种本能的亲切。我知道，这种大戏，是永远也不可能再看到了。

除了这种连唱许多天的大戏，老家那儿，也偶尔能看到其他几种戏。比如马戏团和变戏法。有一年，村里来了一个游方马戏团，场子就设在我们念书的小学里，因为那儿有一大片干净的空场。马戏团用桩子把空场围成个圆圈，桩子上绑了一层帆布，把场内场外完全隔绝开。自然十里八乡的人都来看马戏。据说有许多节目，比如锯人、耍蛇一类的，我们自然得央求父母给买票去看。

开场在晚上，从帆布围着的一角小门进去，也没有座位，只是插空或坐或站，饥渴地看他们表演。先是一头山羊，能听懂人语，让它跳到高凳上，它便跳到高凳上，让它走钢丝，它就小心翼翼地走一段钢丝，真是聪明又灵巧。我就想，家里好几十只山羊，总该有一只可以训练成吧？然后一个女人出场，嘴里吆喝着大家鼓掌，接着是一个壮硕的男子，搬出一个大箱子来。打开箱子，里面盘着一条巨大的蟒蛇，那还是我第一次看到那么粗的蛇。女人把蛇拖出来，让它缠绕着自己的身体，那蛇吐着芯子，越缠越紧，女子的脸已经憋成了紫红色。而旁边那个男的，却还敲着锣高喊着："大伙看一看呀，一丈多长的大蟒蛇啊。"我们都惊恐不已，担心这个女人会被蟒蛇缠死。终于那个男子开始用一个物件逗引蟒蛇，它的身子渐渐松弛，女人的脸上有了血色。

之后是锯活人，这似乎是很传统的戏法，到现在也能经常在舞台上看到。把一个女人装到长箱子里，从中间用锯锯开，而最后那个女人还能完整地从箱子跳出来，令人称奇。周围看马戏的人，议论纷纷，有的说这女人确实有法力，有的说这个女人其实是两个小矮人，一个站在另一个的肩膀上，锯齿只不过是从他们中间的缝隙切过而已。以我们当时的知识，实在难以想象这戏法是如何变出来的，便相信世界上确实有一部分人具有魔力，可以做到常人做不到的事情。

有一次的马戏团，是一个大团，老虎之类的猛兽就有好几头，也有驯兽师让猛兽钻过火圈，或者跳高高的板凳。我们看见这个猛兽之王，极为温顺地做着各种规定动作，每一次完成，都会得到一块牛肉的奖赏。孩子们甚至羡慕起那老虎，只需跳跳跃跃，便可吃到新鲜的牛肉，真是幸福。

这个马戏团在村里演了三天，这三天的时间里，全村人都没睡好觉。许多平时夜里从不锁大门的人家，这几天也仔仔细细地把大门锁上，而且晚上睡得极轻，稍有动静就会醒，躺在炕上竖着耳朵听院子里是不是有人。

除了这种大型马戏团，童年时偶尔也有七八个人甚至是一个人变戏法的到村里来。他们背着箱子，有的肩膀上蹲着小猴，随便找个空场就敲起了铜锣："变戏法了，变戏法了，大家伙捧场了。"先是小孩子，接着是路过的行人，继而听到消息的村里人，很快就围成一个圆圈。我的印象里，他们并不收门票，而穷苦的农民们也并不情愿随便掏钱出来，大家只是围着看，一旦有人端着铜锣沿着人圈讨钱，农人们就掐掉旱烟，说家里有事情呀，急匆匆走掉了。只偶尔，几个村里天生爱热闹、有做派的人，会从怀里掏出皱巴巴的票子，扔下一块半块。变戏法的几个人便有些讪讪的，很快又高声地吆喝着，变起另一种戏法了。而刚才转身回去的人，早已半路折了回来，站在人圈的最外围，压低着脑袋往里看。

有一个村民，似乎是生产队的小队长一类的角色，平时也是爱张罗事的人，看变戏法的辛苦，主动跳出来，端着铜锣走到熟识的同村人面前，说："出来混不容易，大家看得高兴，都帮衬帮衬呀。给点给点，一盒烟钱的事，好不容易来一次，你看都看了，随便给点。"村人们都有些不好意思，欲走未走，都伸手掏了五毛一块，丢在铜锣里。转了一圈，铜锣里便花花绿绿一堆票子了，刚才给钱的人却又有些不甘："啊呀，他一圈就要赚几十块呀，我们一年才几个钱。"有些后悔刚才给了钱，或者后悔刚才给多了。

看到有了收获，变戏法的更卖力气，吆喝村人到旁边抬了一块青石板，放在一个赤膊汉子的胸口上，众人兴奋地吆喝起来，晓得是要表演胸口碎大石的，情绪就往高处升，几乎要沸腾了。咚的一声巨响，铁锤砸在了青石板上，石板下的人运气发功，早已脸红脖子粗，青筋暴露了。可惜这一锤下去，石板并未碎裂，抡锤的和石板下的都有些吃惊，吃惊里透着小小的恐惧。按他们以往的经验，这猛猛地一锤，石板即便不粉碎，也应该有了明显的裂隙。可今天的石板，却纹丝未变。村里人也惊恐，却又带着兴奋，都想：哈哈，你走南闯北，不晓得我们南山上的石头，比旁处的结实，这回看你怎么办。变戏法的骑虎难下，也只能再次抡起锤子砸下来，幸好这次石板终于有了裂缝，抡锤的看到希望，和石板下的使个眼色，接着又是一锤，那石板终于四分五裂了。赤膊的汉子摇晃着站起来，伸手拂去胸口的碎石渣子，深深吞吐几口气，把胸口的肌肉抖上一抖，然后大喝一声："嗨!"抱拳行礼。看的人就爆发出一阵掌声来，间或听见人说："该着人家挣钱呀，胸口碎大石，搞不好就把人砸死了。"又觉得自己刚才付的钱很值，甚至有点不够，应该再掏出一两毛的样子了。

这些节目都令和我一般大的孩子惊叹，但我们更感兴趣的，则是变戏法的那只小猴，它多数时候蹲在一个人的肩头上，眼睛骨碌骨碌地转，看着周围的人。变戏法的敲锣，它便跳到地上，弯着腿沿人群转一圈，一边走还一边用两个前爪抱拳作揖，嘴里吱吱地叫着。人们，特别是孩子们便惊叹不已，觉得这猴子简直和人一般灵透了。接下来，变戏法的敲锣，让它表演翻跟头、爬杆、上下腾挪等各种项目，小猴子一一做完，蹲在箱子上喘粗气。我们都幻想，自己要是能养这样一只猴子，可真是好极了。当时我们还没学过进化论，不知道人和猴子是同祖的，只是觉得所见的动物里，实在没有比它聪明的了。

然而，等这个戏法团走后的第二天，这只小猴子却成了所有孩子的惊恐。我们在小学的教室里上课，不知道是从哪儿来的一个传言，让我们陷入深深的恐惧之中。这传言是说，有一个村人去几十里外的亲戚家，说那个村里前一段来了个戏法团，戏法团走时，拐走了村里的一个八九岁的小孩。小孩的父母便去追，追到山里终于追到了，可是戏法团里却没有小孩，反是多了一只猴子。这只小猴子看见小孩的父母，嘴里便呜里哇啦地叫，眼里流出泪来，孩子的父母觉得眼神熟悉。这时变戏法的过来，使劲拎住猴子脖颈上捆着的绳子，一边打一边将它拖走了。这对父母看着戏法团越走越远，才忽然间醒悟小猴子的眼神像极了自家的小孩，又发疯似的去追，可这回再也追不到了。

这传言很快传遍整个小学，我们在教室里害怕至极，把所有的窗子和门都关紧，可随着上下课的间隙，还是有更多的传言进来。有的孩子说，他母亲中午去供销社买盐，看到戏法团回转过来，在那里吃烤鸡和烧酒。有孩子说，戏法团从别的村拐的小孩死掉了，他们要抓一个新的小孩变成猴子。我当时在恐惧中，想到前几天看变戏法的戏耍的那只猴子，不知怎的，忽然觉得它的眼睛就是一个孩童的眼睛，充满了绝望、痛苦和哀求。

我们心惊胆战地回到家时，连父母也听说这个传言了，嘱咐我们再也不要到处乱跑，尤其是天黑之后，一定要回家。父母的郑重其事，让我觉得这传言是真的。第二天再上学，这传言的其余部分便补充完整了，比如他们是如何拐走小孩的呢？据说，他们给了小孩子一颗糖，小孩子吃完了就迷迷糊糊，被他们装在口袋里带走了。又据说，是因为小孩还想看戏法，就跟着他们出了村，变戏法的看周围没人，就把小孩绑走了。我不知哪个为真，就两个都相信，并且从那时起就坚持两个原则：陌生人给的糖，多甜也是不能吃的；再有就是不管对一件事有多好奇，也万万不能陷进去。

这个传言的恐怖，都在孩子变成猴子这一部分。他们说，变戏法的会把小孩子的皮剥掉，然后给他穿上新剥下来的猴子皮，因为血肉新鲜，猴子皮很快就长在了小孩子的身体上，再也脱不掉。他们还给小孩喂一种药，毁掉他的嗓子，让他再也说不出话来。这些情节讲出来，班里女孩子和胆小的男孩子已经被吓哭，而其他人也哆哆嗦嗦，甚至有一点动静都会引起一片尖叫。那是一种我们无法描述的恐惧。就是从那一次开始，我对马戏团和变戏法生出本能的恐惧，特别是看到被戏耍的猴子，总会不由自主地去盯着它的眼睛，想看看那是不是一个孩子痛苦的灵魂。

若干年后，我在一本记不清名字的书里，读到了类似的故事，那一瞬间，我有些怀疑这个传言的来源。可是它是无法追踪的，没人知道它究竟肇始于何处，是一件真事，还是一部小说。但不管怎样，在它流传过的乡村和孩子们的心里，这一切都带着真实的味道，因为那深入骨髓的恐惧，到现在仍留在我记忆里。即便此刻，我在写这个故事时心脏仍会不自然地抽搐一下。我的恐惧，也因为后来接触的这个社会，让我知道人性的恶是没有底线的。我们仍可以在网上看到类似的事：某人的妻子失踪了，若干年后他在一个公园的怪物展览的笼子前，笼子里被残害的怪物看着他哀号怒吼，而他发现那竟然是失踪的妻子。这两个都是传言，但那些被拐卖的儿童，他们被伤成残废，然后被胁迫乞讨，确实是经过媒体报道的事实。

影

老家虽是一个半农半牧区，老家人的主要劳作方式还是种田，因为地处蒙古高原的北部，又是干旱的山区，老家的田基本上是靠天吃饭。全村每户人家，只有在村南的一两亩地，是有可能在春耕前浇上些河水的，其余的山坡地，如果时令雨水不和顺，则只能是春秋白忙一场了。因而，每到了夏日谷物或其他庄稼灌浆的时候，村人做得最多的动作就是抬头看天，期望哪块乌黑的云朵，带来一场酣畅淋漓的透雨，好让那正长得凶猛的庄稼，走好变成粮食的关键一步。

然而，多数的年月都是天不遂人愿，春天不合时宜地下过几场雨之后，就总是干旱，偶尔有几次天上密布了乌云，连惊雷也打过几回了，甚至有三五颗雨点掉下来，可那人和庄稼都盼着的雨，还是没下来。眼看着地面干裂，禾苗枯萎，村人们知道这样苦等不成了，便有常年经事的老人张罗着求雨。

在老家，我所记得的几次求雨，大概都是村主任请老邹发来办理的。老邹发是村里的一个老人，活了九十几岁，身体极为硬朗，六十多岁的时候，还能一个白天到林东走个来回的。老头是个热心肠的人，喜欢出头办理这些事情，他甚至发过一个宏愿，说是要当一百次介绍人，也就是组建一百个家庭，后来听说，终了还是未能如愿，数字停在了让人唏嘘的九十九。

老邹发召集了村里各生产队的老头老太太，让他们去各家敛份子钱，没有现钱的也可以用鸡蛋来顶替，老头老太太们得了令，都拿个小本本，挎着筐走街串户去敛收了。来我家的常是韩家老太太，进了院子，她先聊几句鸡鸭猪狗的闲话，然后说村里求雨呢，来收份子钱呀。家里常没有现钱，存下的鸡蛋也并不足，母亲就到鸡窝里去摸，看老母鸡今天是否又下了蛋，倘若没有，便只好把现有的给韩家老太太，说：“你先去别家，欠下的明天给你呀。”韩家老太太就走了，等第二天又来，直到把该收的收齐整。

老邹发已经提前在一个村中央的空场上，摆好了龙王爷的牌位，点上高香，早晚磕过头了，拜祭时也请了愿：“龙王爷，求你给下一场雨呀，到秋后，你要牛要羊，都能行。龙王爷，我们给你老人家放电影，求你下一场雨。”求雨顶重要的一项，就是放电影。这放电影的名义，是说龙王爷在天上待得无聊，下面的人要求他给降下甘霖来，就得投其所好，给他放点电影看看。老邹发找个年轻的小伙子，坐了一天一趟的班车，到林东去请电影放映员。但大多数时候，十里八乡都有固定的电影放映员，骑着自行车，驮着宽大的幕布和放映机，一个村挨着一个村去放映。这种干旱的年月，差不多村村都要求雨。

村里求雨和放电影的地方，基本都在三叔家的大门口外，那儿有个带着斜坡的空场，临着村里最宽的一条马路。放映员和村人，面北背南立下大大的幕布，调整好放映机的位置。这时候，甚至比这更早，村里吃过饭的人们已经搬了小板凳或小垫子过来占据有利地形了。因为离三叔家近，我们总是得了地利之便，占到好位置。

看露天电影，几乎是村里的节日，哪怕这电影起初是为了老天爷而放的。许多人家炒了葵花子，在看电影的时候当零食。小孩子多缠着喝得半醉的放映员，问他有什么新片子，其实我们更关心的是有没有武打片。有时候有，有时候没有，更多的时候放映的都是看过的老片子，因为林东电影院只有很少的胶片，而且更新极慢。

电影终于开演了，幕布前黑压压坐着一片人，连墙头上也坐满了大一些的孩子。看着幕布上的人，义愤填膺地要炸掉日本鬼子的碉堡，或一个女子对一个男子说："你工作应该要求进步。"自然也有舞刀弄剑的大侠们，向着人们抱拳："后会有期。"然而一个孩子突然哭起来，是因为前面的人一挪屁股，坐疼了他的脚。又经常，电影突然只有画面而没了声音，或者相反，放映员就停下来，把胶片扯出来对着灯泡的光亮看，然后再卡进放映机里，重新放起。

这种求雨仪式会持续很久，但电影最多放三天，三天后，放映员就会带着胶片赶到其他村去。我们永远是意犹未尽的，也会组了一群人，黑灯瞎火地翻山过河去其他村看。特别是有些年月，别的村放了电影而我们村没放，整个村里的年轻人都会蠢蠢欲动，谋划着夜里去看电影的路线。在那些日子里，村人们了解外部世界的唯一方式，就是这些已经过时很久的电影。等求雨结束时，不管雨有没有下来，人们都已经不那么急切了，似乎是说："龙王爷，电影给你放了，下不下雨你自己看着办吧。"

过了几年，有了电视，露天电影就很少出现了，人们也不再求雨。

村里第一台电视是四爷爷家的，而且是彩电。他家电视刚买来的时候，整个村子都轰动了。因为是亲戚的缘故，我和一群兄弟姐妹可进去看，在其他小朋友那儿几乎有了一种虚妄的自豪感。四爷爷家里，一到晚上，就会挤满了人，等着电视开演。那时候，我对看电视的渴望超越了一切，觉得世界上再没有比这更有意思的事情了。

又过了两年，村里境况好的人家，陆陆续续买了十二英寸、十四英寸，甚至十七英寸的黑白电视机。爷爷就常带着我到邻居家里去看，一直看到很晚。久而久之，惹得买电视的人家很烦，却又不好表现出来，电视就会变得一片"雪花"，我和爷爷只好悻悻地离开。后来我才知道，人家是没有接上天线，只为了让我们识趣地离开。

大概是 1994 年的冬天，父亲下了决心，卖了十几只羊，把前几年的一点积蓄也拿了出来，到林东买了一台电视机。他这一次，果真是下了大决心，竟然买了一台二十一英寸的"熊猫"

彩电，那应该是当时全村最大的一台。为此母亲和父亲生了许久的气，他们本来商定买十七英寸的。但父亲在家电商场，实在经不起大彩电的诱惑，狠下心买了：“反正以后也不可能再买了。”

有了这台电视，我的生活发生了巨大的变化，我开始真切地感知到，这个世界有多么大，多么丰富，还有许许多多的人，在过着和我们完全不同的生活。

但我仍怀念看露天电影的时候。

稼 穑

从遥远到临近，我看见麦子生长
从田垄到炕头，我看见孩子生长
我的村，我的根，我再也回不去的山沟沟
现在流淌着雨后的浑水和干净的鱼虾

我是从什么地方走出来的？是还未开垦的泥土，是齐腰高的草丛，是河边绿油油的田地，还是我自己也未曾知道的地方？所有的这些现在只是记忆的麦粒，我喜欢麦子，因为我的若干生命都和它有关。所以，我最先要告诉你的就是麦子的故事，也包括其他的粮食的故事。

麦子

那一年的麦子长得真好，果实饱满得像孩子们吃饱的肚皮，金黄色的秸秆昂着头在黑土地上挺立。“今年是个收麦的年头啊!”老人这么说，花白的胡子在风中抖动不止。“就是，种了一辈子的庄稼，没见过这么好的麦子，真是不枉费了春天的那把汗。”另一个的烟袋冒出火星，火星在胡子中闪烁。

那个年头也不知道是怎么了，一村的人都多种了几亩麦子，说村里好几个老人年初一都给人们看了小口袋。小口袋是在年三十前的某个晚上埋在南山下的河滩里的，谷子、豆子、玉米、麦子，每一样粮食都装一些。正月初一趁太阳没出山就赶紧挖出来，回来看了，就数麦子发得最好，一个黑下的工夫都冒出了芽。“今年是个收麦子的年头，大伙多种点麦子啊!”老人们都说，旁边的人也就说是啊，看麦子发的这个成色，不种它种啥？于是家家户户的自留地、责任田里都比往年多种了麦子。老家那时候还是个小米当家的年代，人人都知道白面比小米好吃，就是不愿意多种麦子。有的说，麦子茬不好，种过几年地就全糟践了，以后种啥都不长了。也有的说，白面？看着好，吃着也好，就是不顶劲儿、不养人。庄稼人吃就得吃小米干饭，长力气，扛饿，书生才吃白面呢！底子里大家都喜欢麦子，喜欢白面，要不干吗过年过节眼巴巴地想着吃顿面？这个面似乎和面子拉着关系，不敢大张旗鼓地种，也不敢大张旗鼓地吃。

金子是啥色的？黄的！银子是啥色的？白的！金子和银子

哪个值钱？这还用说？那小米是黄色的，玉米也是黄色的，大豆还是黄色的，只有面是白色的，你说我的乡亲喜欢哪个？这也不用说了。

我的村对麦子的喜欢就是从那一年开始变化的，人们找到了理由去正大光明地喜欢它了：这是咱的河、咱的地选的，不是庄稼人选的。我的村够聪明，也够狡猾。

这一年的秋天，麦子果然丰收，邻村的人羡慕得不得了。“大营子可是捞着了，天天有白面吃了，好家伙，装麦子的麻布口袋垛了一仓房！”他们的眉头和镰刀向着一个方向看着，一边收着自己的玉米一边唠叨。

丰收的麦子给了人们无穷的满足感，看着一麻袋一麻袋金灿灿的麦子堆在仓房里，麻袋嘴扎得紧紧的，人们觉得肚子也是满满的。这样的年月令人欣喜，老人又开始说他们常说的那些话：“土地啥时候都不糊弄人，只要你肯下力，起早贪黑，土地就给你足足的收成。”农民，真是这么单纯的一群人。他们是如此容易满足，因而也就容易快乐。贫穷是经常的，快乐也就是经常的。男人们能喝上一壶好酒，吃上几块好肉，看着老婆孩子肚皮圆圆的，也就什么都不想了。女人们眼见自己包袱皮里私房钱比前年多了，男人又是好脾气不抽不赌，孩子一个个没病没灾、生龙活虎的，也就开心了。日子可不就这么回事，谁还想着大富大贵不成？他们的快乐来自简单，来自没有也不敢有更多的奢求。

麦子出乎意料的丰收打破了我的村沿袭了几十年的传统，村人们一个腊月都在嚷嚷着明年的田地种什么才合适。有的说今年的丰收纯是个意外，麦子不能再种了，保不准明年是个什么样的风雨。有的说，第一回种这么多就丰收了，说明咱的土地对麦子不眼生，接受得了它。明年还得多种，家家户户都种。最终并没有得出一个结论，就算是有一个结论，大家也未必就按照这个结论来做。每家都有自己的小算盘。

有些人的算盘已经打到了土地之外，但依然在麦子之中。麦子多了，磨面就是个大问题了。现在不是往年，一斗三升的麦子在石头碾盘上就能磨好，现在麦子多得是，得用机器。东头的老韩家一狠心拿出了积攒多年的钱，又向亲戚朋友借了一大笔钱买了全村的第一批加工机器。他们办起了加工厂，谷子、麦子、玉米，大部分的粮食都能加工。

小米

我的村是个盛产小米的地方。从我记事起到麦子丰收的那一年，小米一直是我的村人们的主食。早晨、中午和晚上，几乎顿顿都是小米干饭，养人归养人，可是就这么一月月、一年年地吃下去，再好的东西也腻味了。人们千方百计地想着把小米做得好吃一点，小米配上糜子米，配上豆子，配上榆钱。或者把小米在石磨上磨成面，用铝盆在热炕头上发酵一个晚上，第二天做煎饼。小米终究是小米，怎么做也脱不了本味儿。但是小米依旧是我最怀念的粮食，并且永远都是。

小米的故事没有麦子那样传奇，更多的是关于我个人和它的因缘。小时候对我来说粮食就意味着小米，不再代表其他食物。读初中的时候，学校离家四十多里地，我住宿。我们那个中学叫浩尔吐中学，当年曾经是个高中，1977 年恢复高考时还是市里的主要考点之一。初中的三年我在学校里只吃过一种饭，就是小米，更何况初中之前我吃的也只是小米。所以从那个时候起我对这种将我养大的粮食有些心怀恨意，它垄断了我的胃将近十五个年头。当麦子还没有在我的村大行其道的时候，我经常要去的一个地方是磨坊，在我的村称作碾盘。

我牵着一头毛驴或者家里的老骡子，奶奶和家里面别的某个妇女头顶着大大的笸箩。笸箩里装着刚刚用水浆淘过的小米，金黄的小米上放着一把用高粱苗子扎的小笤帚，也叫扫碾笤帚。还有大粗箩或者二细子箩和一块蓝布围裙，围裙是用来蒙住牲口的眼睛，一是防止它偷吃磨盘上的粮食，二是帮助它在一圈又一圈的转走中丧失方向感。谁都知道，你如果向着一个方向转几十圈的话，一定会头昏眼花迷昏的。它们要转的何止千百个圈子？没有方向你就会觉得整个世界都是一条直线，你沿着直线在走，毫厘不爽。

小米被磨成面以后，在我的村流行两种吃法。其一是将小米面发酵，然后稀释成糊糊状，用来做煎饼。山东有一个很有名气的吃食，就叫煎饼卷大葱。做煎饼有一个专门的工具叫作鏊子，像一个缩小版的平底锅，下面有三个和香炉一样的腿。用的时候直接在三条腿之间燃火，锅热了就在上面轻轻地刷上一层葵花油，要注意是轻轻地，因为煎饼吃的就是小米面的那股子酸酸甜甜的味，不是吃油。抹油主要是为了防止粘锅，也可以令煎饼表面光滑而富有色泽。很小的时候，我的村几乎每家都有自己的鏊子，不用的时候都放在锅台后面那个黑暗和布满灰尘的角落。但现在，整个村子一件也找不到了。

煎饼要摊得薄、摊得匀才好。好煎饼拿起来对着阳光看就像一层金色的纸，吃着筋道而不硬，有嚼头。通常人们确实是将大葱蘸满了酱卷在煎饼里面，黑色的酱、黄色的煎饼、绿色的大葱，看起来是一件很享受的事情。

酱都是自家做的，主要原料有黄豆和面。面都不是好面，是那些黑的，甚至是发酵发坏了的，五谷杂粮的面粉根据一定的比例和在一个小缸中，缸口蒙上塑料布，用麻绳扎紧，再捂上厚厚的棉被。做酱是有相当的讲究的，具体的细节我也不是很清楚，但是有一点我知道，就是做酱需要引子，没有一个好的引子是做不好酱的。引子一般都是去年的酱，晾干了放在那里。今年装酱缸的时候放在中间，由它来引发这一缸酱的发酵。引子的质量直接决定酱的品质。煎饼我小的时候经常吃，但是煎饼卷大葱我却从来没尝试过，因为我从来不吃酱。

小米面的第二种吃法就是糟格格豆。前期工作也是要把面发酵，但是这回的发酵和做煎饼是不同的。做格格豆的发酵要发到面有一点点坏的感觉的程度，闻起来好像有醺味才好，所以这个过程叫作糟，而不叫作发酵。这一次的工具是饸饹床子或者格格豆床子。饸饹床子是一种类似洋井的压式工具，中间有一个杯子一样的铁筒，铁筒的下面布满了筷子头粗细的小孔。压杆上连着一个砣，它的原理就是用这个砣挤压铁筒里面的面团，使面团沿着小孔落到锅里。锅里的水当然已经煮沸了，腾腾地冒着热气。格格豆床子则是平面的，长方形，四周是木架结构，中间的主体是一块布满小孔的薄铁皮。做的时候把面团放在铁皮上，然后像揉面一样用力搓。这个工具更正规一些，搓出来的格格豆大小长短相同，大约有一寸半到两寸长。因为小米面不像白面什么的，它比较脆，所以面条短小，这也是为什么叫格格豆而不叫格格面。吃格格豆要有合适的卤子，最好的是角瓜的，韭菜的也可以。因为角瓜的味道和格格豆的味道刚好相配，用别的卤子你会觉得吃起来很怪，不习惯。

小米的前身叫谷子。谷子种下去，第一场雨一过，谷子的小苗就嗖嗖地从泥土里钻了出来，伴随着的草也长了出来。谷子长到一拃高的时候，要拔头遍草。拔头遍草是很累的活计，头顶上是火辣辣的太阳，脚下的土也是滚烫滚烫的，谷子又矮，人只能蹲着一点点地向前挪。但是蹲久了两腿又酸又疼，特别难受，所以有的人跪着拔草。跪着省力了些，可是这么挪来挪去的，裤子受不了了，两遭地没弄完膝盖处就磨出了大窟窿。庄稼人可没有那么多衣服这么折腾，就想法子在膝盖那绑上两块皮子，皮子结实着哪！我的村谷子一般有两种，一种是红苗的，一种是绿苗的。拔草时就要根据苗颜色来判断哪些是苗，哪些是草。在红苗中凡是绿色秸秆的都是莠子，也就是草；绿苗中凡是红秸秆的就是草，都要铲除之。

谷子长到一米高的时候，也就是谷子开始要抽穗的时候，要蹚地。就是用犁翻过垄背的泥土，一个是用这些土压死一些细小的草保护苗的根部，一个是为下一年辨认垄沟和垄背做准备，还有一个就是形成比较明显的垄沟，保持下雨天水的自由流动。内蒙古北部的节气相对中原来说要晚一些，我的村谷子基本上是在中秋节左右成熟。谷子成熟后，人们要手持镰刀站在谷地里选一些色泽金黄、谷粒饱满的穗做下一年的种子。谷穗被镰刀从颈部削下，用麻绳捆了挂在仓房的梁上，直到明年开春才拿下来。

成熟的谷子被一刀一刀地割倒，捆好。捆谷子就用谷子做的要子（相当于用草结成的绳子），方法是把两把谷子的穗那一面相对分开握住，然后将其中一把绕着另一把旋转半圈夹在腋下，再反过来用后者绕前者半圈，最后是握穗的手腕向内侧旋转压住。这个动作看起来很简单，但是要学会却是非常难的，我当年为了练这个动作，手都被谷子勒肿了。不过后来终于出师，用我打的要子捆谷子、麦子怎么拎都不会散。我现在一边写一边想象着这个动作，那是一种劳动的优美，也是一种优美的劳动。

成捆成捆的谷子躺在谷田里，像是一个个躺着休息的人，在太阳下无比整齐。要把它们运回家。我的村的主要运输工具是马车、牛车和驴车。车是木头做的。装车是相当有学问的一件事情，在这一点上我自信有发言权。我装的谷子车，即使不用绳子拢着，跑个十几里地也不会有一个谷子掉下来。装这样的车要先垫后勾。所谓垫，就是在车的两边先摆一层的谷子；

所谓勾，就是在垫的基础上将原来的谷子用新的压住，这个勾是要一层一层的，要严实、要紧密。就这么一层一层地装上去，整车的谷子还要美观，呈不是很明显的倒立的梯形。还有很重要的一点是在装的时候时刻注意平衡，因为前面装得多了马会撑不住，而前面装得少了又要翘起，只有在车轮这一点上达到相对的平衡才最好。

玉米和荞麦

当麦子在我的村风行过后，玉米开始布满最好的田地。因为我的村属于半农半牧区，家家户户都有牛羊猪马什么的。冬天天气寒冷，山上的草干枯了，很多牛羊都需要用玉米来饲养。喂猪的渣水也要用玉米面做料子。随着牲畜的增多，我的村对玉米的需求也就越来越强烈，于是它就代替了麦子，成为最主要的粮食作物。

玉米在人们的呵护下茁壮地成长着，长成一小片，长成一大片，长成整个原野。我去山上采草药，站在村后的双尖子山上俯瞰我的村，它被绿色的“毯子”包裹着，像一个熟睡的婴儿一般。那些“毯子”是玉米织就的，其他的粮田只能是点缀，黄的油菜花，白的荞麦花。玉米长得比人还要高，人钻到地里面就像掉进一片绿色的海。要么顺着垄沟，要么横着垄背，你就走吧，走三天三夜也出不了这遮天蔽日的“青纱帐”。

风不吹则已，一旦吹起来，玉米身上那些肥大的叶子就开始舞蹈，相互地摩擦着、纠缠着，是一棵秧上生就的两个冤家。雨不下则已，一旦下起来，洁白的雨点敲打翠绿的叶子，那声音是有颜色的，是洁白和翠绿的融合，是一种可以用耳朵去听的颜色。它是大自然和玉米一同演绎的绝唱。倘若你不信，就随我去亲耳听听，听了便永远不能忘记。但是，如果风也来了，雨也来了，才叫热闹呢！有奏乐的，有舞蹈的，大地是玉米的舞台，雨点是玉米的乐手。那雷声像极了大鼓，那闪电做了梦幻般的灯光。在我的村，粮食是永远的主角！

玉米开始抽穗了，一个个小棒棒从玉米秸秆的腰间鼓起来。在层层包裹的玉米棒子中间，牙齿一样的嫩米粒开始形成。玉米的胡子也随之长了出来，飘在风里。玉米的胡子和人的刚好相反，人的胡子一开始是黑的，慢慢地变成白的。而玉米的胡子刚一长出来时是银白色的，渐渐地变黑。我们小时候常常把玉米的胡子拔出来，贴在自己的嘴巴上扮作戏文里的人物。玉米的胡子柔软，带着湿气，我总怀疑它可以吃，但是一直不敢尝试。因为大人说了，吃玉米的胡子会得病的，就信了。现在想起来方才明白，这只是大人们害怕我们糟蹋玉米而吓唬我们罢了。

正当我们因为玉米的胡子黑过了头，开始慢慢卷曲而不知所措的时候，玉米走到了它成熟的最后几步。因为秋来了。秋是有情的，给任何粮食成熟的机会；秋又是无情的，准时地到达，从来不会怜惜那些步子慢的禾苗。人们开始收获玉米。有两种方式可以选择：一个是先把玉米棒子掰下来，再砍倒玉米秸秆；另一个就是直接砍倒玉米秸秆拉回家里，再一点点地把玉米棒子弄下来。割秸秆的时候常常感觉无聊，因为玉米田地茫茫，无有尽头。我的村的玉米秸秆含糖量很高，人们就挑最好的一截砍下来，扒掉外面的硬皮，咀嚼并吸吮甘甜的汁液。现在我在吃甘蔗的时候，总要怀念玉米秸秆，说实话它们比甘蔗甜得多。玉米秸秆的皮很有韧性，可以随意弯曲。孩子们把一条条的秸秆皮削尖，在没有裸皮的秸秆上扎制灯笼、蜻蜓等等许多东西。夜黑时将灯笼点燃，温暖整片躺着的和站着的玉米。我们还挑选最饱满的玉米，把玉米粒搓下来埋在土里。那土是早用火烧热了的，埋上玉米粒后继续加热，崩爆米花。我敢说你绝对没有吃过如此新鲜的爆米花，我以玉米的名义打赌。四周是玉米的围墙，坐在玉米秸秆上吃新得不能再新的爆米花。旁边通常有一条小河，河水流量不大但是绝对清澈。撒一把爆米花在流动的河水中，看着它们曲折地流到远方去。偶尔会有小鱼去碰那些爆米花，你以为它要吃呢，它又转身游走了。

金灿灿的玉米棒子、绿油油的秸秆，我的村的玉米就生生世世这么搭配。

但是荞麦不同，荞麦是黑的，可荞麦花却又那么白，白得似乎是从那黑里渗出来的一样。荞麦在我的村一直种得很少，几年才种一回。荞麦面很特别，吃起来滑溜溜的。用荞麦面做面条最好，那是我最喜欢的食物之一。当年吃荞麦面条就是因为感觉好，喜欢它那种滑滑、脆脆的感觉。后来读了书，再吃的时候就有些贫下中农的味道在里面了。再有腊月过年时节杀年猪、灌血肠要用，猪血里要放一点的。放别的面都会使血变黏，不好吃。还有就是用荞麦皮来做枕头芯，或者做小孩的睡口袋。

荞麦是很特别的一种植物，它生长容易，对节气的要求也低。所以每当气候不好、雨水少的年头，谷子、黄豆没有苗的时候都要翻种成荞麦。并且荞麦基本上不用花费太多的力气，好侍弄。有一件关于荞麦的故事我记得最深。

那年我十几岁，具体是多少岁记不清楚了，我家里种了几亩地的荞麦。荞麦的秸秆是暗红色的，种子是黑色的，花是白色的。但是你远远地看，只能见到那一片茫茫的白，像是巨大无比的棉花被子一般。荞麦是说熟就熟的，一旦熟了最怕有风。风轻轻地一吹，荞麦粒子哗哗往下掉。倘若风大些，吹个一日半日的，这一地的荞麦就都做了明年的种子和肥料了。

我家的荞麦熟了。夜里正睡着觉，天地间刮起了大风。家里人都着了急，地里的荞麦经不起这么大的风。于是全家老老少少十几口人都穿上衣服，套上马车准备抢救荞麦。我那时没觉得事情有多么严重，但是我被人们夜里作战的气势所震慑。赶着马车来到荞麦地，那里已经有很多人在了，都是种了荞麦来抢收的。刮大风的夜都是特别黑的夜，茫茫一片黑色的混沌，像是天和地还在一处，没有被斧子劈开一样。微微亮着的是荞麦白色的花。人们叫喊着，舞动着镰刀把白色撂倒。孩子们都坐在地头，手里拎着有玻璃罩子的煤油灯，一只手挡着风，不敢让灯火灭了。风在响，镰刀割到荞麦在响，人们的话语在响，小孩子的尖叫在响，这些声音汇集到一处，黑黑的荞麦和雪白的荞麦花也就跟着响了。夜里收割荞麦是最令人激动的一件活计了，那是在和风比速度，和黑夜比眼力。

第二天太阳出来，风停了。一地躺着的荞麦上站着疲累的人们，用粗糙的手试了试镰刀刃，卷了，有了许多缺口。心疼得用指甲敲了敲，想再磨出来可得费一番工夫了！小孩早抱了一抱荞麦垫在车底下，睡着了。灯歪在一边，熄灭于一个很恰当的时候。那些躺在地上的荞麦什么也不说，睁着白眼皮、黑眼仁看着人。粮食对农民怎么会眼生呢？他们是命定的冤家啊！

场院

一车车的粮食运回了家，垛在场院里等着收打。原来的年月没有现在这么多机械，用的都是古老的方式。五谷杂粮除了芸豆，全靠一个碌碡把它们碾下来。场院的关键在于选地点，要有良好的通风，要便于粮食的运输。我家的场院经历了好几次变更，现在我能够记起来的只有两个地方。一个是现在用的，就在我家的园子里。另外一个则离家很远，在我的村后的一个小土山脚下。那时候，我家和三叔、四叔家共用一个场院。那块地方原来是一片荒草，我们花费了近一周的努力才把它塑造合格。首先就得除去蒿子和草，然后在上面垫一层黄土。垫黄土是因为黄土比较有黏性，容易形成平面，很少出现凹陷。垫上黄土后需要在上面洒上水，使黄土湿润。然后再撒上一层麦子的秸秆，用马拉着碌碡跑上个半天，黄土瓷实了，也平整了，场院就基本成了。

这个场院我们建起来费了相当的力气，但是只用了两年。这两年里每到秋季，场院里堆满了各种各样的粮食的时候，夜夜要有人守护。我印象最深的是十一岁那年，那年的场院在我的心里颇为特殊。那年夏天的一个雨天我骑自行车上学出了车祸，结果一只手臂断了，在镇子上住了两个月的医院。当我左手臂缠着白绷带回到家的时候正值秋收，夜里我陪四叔在场院的窝棚里睡。我回去的第一个夜晚月亮出奇地大，也明亮。那时候四叔的年纪也小，还没有娶媳妇。我和四叔坐在高高的谷子垛上，一边啃着刚从凉水里洗出来的黄瓜、杏和沙果，一边听收音机，一边看着天上的月亮和茫茫四野说话。夜尽管是夜，可是天因为蓝得透彻，并没有因为太阳的离去而暗淡。月亮在那，天还是蓝的，是深深的蓝，蓝得像是有质地，蓝得似乎伸伸舌头就可以舔到。周围是些山，在淡淡的光影里沉坐。村里经常传来几声狗叫，山的深处也偶尔有狼嚎。有时候是和爷爷一起守夜的，爷爷是个经历丰富的老人，年轻时赶着大马车走南闯北，到过很多地方。我最爱听他讲年轻时的事儿，尽管很多听起来有些夸张，有些神秘，但是在那样的夜晚，不夸张、不神秘的故事听起来还有什么味道？现在想起来很惭愧，因为爷爷的许多话我都已经太久不回忆而忘却。

收音机里听到的多数是评书《隋唐演义》《杨林传》《封神榜》《水浒传》《三国演义》这些东西，信号不是很好，但在静夜里开大音量，又有月光如水，又是少年无忧，真是说不尽的惬意啊！收音机是我接触文学作品的主要渠道之一，我永难忘怀它从空中电波里截获的那些美妙的声音。但是现在我想起那时来，就是一幅立体的画，没有任何声音。因为所有的声音都存留在我记忆里了，它们是这回忆的一部分。

我的村用这种古老的方式收打粮食。人们把谷子、麦子、黄豆铺在场院上，然后让马拉着碌碡在上面一圈又一圈地碾过，直到粮食脱落，在黄土地面上堆成金黄、洁白的一层。夕阳要落山的时候，用扫帚把秸秆扫到一边，把混着细碎的秸秆和叶子的粮食堆起来。风要来了，男人们戴上一顶草帽，拿上早准备好的木锨；女人们扎上各色的围巾，握住扫帚。男人的木锨随着秋风扬起，一锨锨粮食飞到半空中，风吹走了碎屑，粮食哗哗地坠落到地上。女人的扫帚再将粮食上一层没有被风吹走的碎屑扫掉，扫帚的竹掠过粮食是轻轻的，带着沙沙的声音。男人的草帽和女人的围巾上落满了碎屑和粮食。我回忆这些时每每想到自己篡改的一句诗：好风凭借力，送我上青云。我总想对那秋风说：好风，凭借你的力量，送我的村一个丰收的秋天吧！

而现在，这一切都不复存在了，春天播种有播种机，秋天收割有收割机，只有少量的作物，还是人工来种和收。人们也不再愿意那样劳作，除草的时候，几乎都是背了农药喷雾器到田里去洒药，没有人再蹲在田地里一棵一棵地区分良莠，拔掉草了。这些变化，让农民们吃饱了饭，而且多少有了零花钱，他们骑上了摩托车，开上了三轮车，看着彩电，玩起了手机。这是不可避免的未来，老一代人和他们的生产方式一起逝去，年轻人再也不会把根深扎在泥土里，大家都想尽办法去城镇里生活。

可我是多么想念那些生在泥土里的粮食。

碎生活

两条狗的生活意见

某天和朋友聚，夜晚十点回去的地铁上，仍然拥挤。从地铁站出来，往小区里走的那段路，路灯昏黄，人很少。我在微信上看到《两条狗的生活意见》的剧场截图。

第二天，空气依然很脏，还是在地铁上，微博里另一个网友也发了《两条狗的生活意见》，说是已经一千场云云。

这部戏早就知道，我没看过，我要写的也不是这部戏，而是它的名字所引起的我的思绪。

是的，两条狗，的，生活，意见。

2009年春节，老婆跟我回去过年，老弟也带着女朋友回来——除了女朋友，他还从遥远的珲春带回一只小狗，也才几个月大。据说在火车上，因为怕列车员，他们都把它揣在羽绒服里。它的名字叫奔头。父母对这不速之客并不欢迎，那时候家里已经许多年不养狗了，而且，即便养狗也一定是养那种可以看家护院的。奔头不是，它只是一条小狗，像城里人每天遛的那种，也没有人知道它是什么品种。

那几年，不知道是如何开始的，在老家的村里，许多人家养起了小狗，可能是因为越来越多的年轻人出去打工，空巢的老人渐渐从城镇里学会这点吧。姑姑家也养了一只，是母狗，生了一窝崽子，到处送人，我家也被送了一只。

于是家里就有了两只狗，一只白的，名字叫奔头；一只灰的，名字叫豆豆。

无论如何，它们渐渐长大。

人总是会日久生情，当奔头一岁多的时候，父母对它的态度已经转了个弯，像宠小孩子一样宠它。它的嘴也就变得很刁，要吃肉，要吃鸡蛋，而且住在屋里。而豆豆就成了另一个阶层，吃剩饭剩菜，住在屋外，虽然屋外也有给它特制的窝。我们每次回家，总跟父母开玩笑说：“你们也太差别对待了呀。”父母并不以为意。而且奔头已经养成了习惯，处处抢在豆豆之先。我和老婆看不惯，就常常把肉或者骨头给豆豆，然后放着奔头去抢。豆豆自己似乎并不在意，奔头要跑出去玩的时候，它总是屁颠儿屁颠儿地跟着。

奔头成了父亲的宠物，他喜欢喂它，逗它玩。父亲骑摩托车出去的时候，它就蹲在摩托车上，举目四顾，威风凛凛。“看这大将军。”父亲说。而奔头也回应了父亲的宠爱。每当父亲下班回来，摩托车声隐隐传到家里，它都会竖起耳朵，继而飞快地跑到大门口去迎接。

事实上，母亲也是宠它的。

许多年前开始，母亲就几乎是一个人种田，常常自己在山野中的田地里拔草、收割。自从有了这两个小家伙，她上山的时候就带着它们，当然待遇也不同：奔头可以坐在驴车上，而豆豆则撒开短小的腿跟着。从早到晚，它们陪着母亲劳动。这样的场景，我在小说《秋收记》里写了。

它们成了他们生活里的一部分，填补了子女们不在身边的空虚寂寞。

但是今年夏天，先是豆豆，然后是奔头，接连生病死掉了，很伤父母的心，我们听了也是黯然。在和父母视频聊天的时候，谈起这件事，我不知道该怎么安慰，只好说：“要不再给你们买一条小狗吧？”母亲说：“那怎么会一样呢？”“当然啊，不可能一样。但是时间久了，你们还是会爱上它的。”母亲想了想说算了，一旦它再死了，更难受。我也就只好住嘴，尽快把话题转移到其他地方。这小小的不说话的伙伴，对于他们是何等珍贵。

母亲总是忙碌的，很多家里家外的活，这件事也就淡得快些。而父亲对奔头用心最多，空闲时总是想起来，似乎还掉过眼泪。只会聊 QQ 和看网页的父亲，突然有一天，在腾讯微博上写了几句话："奔头昨天死了，我们很心疼。它陪我们五年，给我们带来了很多快乐。"几天后，又发了一条："奔头没了，我们很寂寞，很想它。"一周后，我又看到一条："小狗奔头死掉一段时间了。下班后再也看不到蹲在大门垛上的小白狗迎接我了。很想它。"每一次，我都心酸不已，立刻惭愧地感到为人子的不孝，不说承欢膝下，即使每天的嘘寒问暖也做得不够。我们像整日拉磨的驴，只能蒙着眼奋力转圈，你慢一步，生活的鞭子就会无情地抽你。

但我们的心里，又岂能不惦记着他们？

有一次，父亲在 QQ 上和我说："你有空写写奔头啊。"我说好，我会写的。可我一直写不出来，或者是不敢写吧。

奔头和豆豆两条小狗，如果给它们一次说话的机会，它们会说什么呢？会有什么样的生活意见呢？它们活着的时候应该还是很快乐的吧，吃得很好，每天除了睡就是玩。又也许不是这样，因为它们不言不语，却看见了两个老人生活里的一切。它们看见父亲醉酒；看见母亲顶着风雨出去收柴火；看见院子里的杏树，一年又一年花开杏落；看见他们腰酸腿痛，对子女的想念，以及不可计数的寂寞。正因为看见了这一切，所以它们才一定要这么欢快吧？好让生活在一起的人，不那么空虚沉重。

纳底布鞋

十几年前的事儿了。

某个中午，手机里收到一条奇怪的短信，乱码一样的内容，是老妈发过来的。她办了一张卡，用弟弟的旧手机。老妈常常看我们父子三人互相发短信，很“嫉妒”，她早就想学用的。

老妈发短信不是用打字，而是全盘联想法。她随便按出一个字来，比如说是“你”，手机会自动提供组词的“们”“好”“的”“是”等，老妈就这么组词，如果第一页没有就再翻一页。她经常会因为长时间找不到对接的词语而转换表达方式，偶尔，发一堆成语过来。

一周后，她已经能很好地收发短信了，总是说最平常的话：儿子吃饭了吗？儿子在干吗呢？儿子我们去种地了。嗯，就是这些话，看着让人身暖心安。

每次收到老妈的短信，我都会在一瞬间脱离繁重的日常，不愤怒、不孤独，也不空虚。

我现在印象最深的，是她打我的几次。一次是在草场上，太阳很高，我躺在河边睡着了，忘给老妈磨割草的刀，她扇了我两巴掌；还有一次是她割地回来，我贪玩没烧火做饭，又挨了两巴掌。当时都挺疼的。

初中开始住校，每年开学或放假，她就赶着毛驴车接送我，车上装满了箱子、行李之类的物件。老妈常常骑自行车四十多里地去看我，送干粮。一年冬天，风沙大，天气冷极了，老妈几乎是推着自行车到学校的。把干粮给我，把皱巴巴的十块钱给我，她又顶风冒雪往回赶，家里还有一摊子事情等着她呢。

她受了不少苦，一个人打理二十几亩地，养猪、养四五十只羊、养牛、养鸡，自己种菜园。更早的时候，在自己打井之前，我们都是从别人家挑水吃，一天得十几桶。后来打了洋井，后来又打了围井，装上了水泵，不需费力气了。老妈不用再去挑水，她很开心。

十年前我复读，一次又一次，把家里折腾得一穷二白。写信向家里要生活费，老妈翻箱倒柜也没有，就出去借，借了一个村子，也没人愿意帮忙。她回去哭一场，然后去借高利贷，从来不短我们的花销。每当过年时，总有人来讨债，说话客客气气，老妈和老爸更客气，因为没钱还人家。我和弟弟躲在西屋，听他们说话，难受极了。

我考上大学，怎么说，这都是件好事。再放假回家时，老妈就爱拉着我去供销社，或随便在街上转转。她喜欢听人家说：

“你们家大学生回来了？”

“儿子回来，高兴了吧。”

她总是笑眯眯的，不说话。其实呢，就是这些人中的大部分，十几年前常常嘲笑她借钱供我们念书，他们说她是白白为我受苦。

近些年好些，终于不用去借钱了，老妈心情好很多，常看见她笑。但她的身体却变差，血压高，腿也常常疼。每年都劝她少种些地，她都不愿意，说将来把猪肉、鸡蛋等等好东西都给我送到城里来。

“纯天然，全绿色，你在多大的城市也吃不到。”她这么说。

我是幸福的。

引起我这么多思绪的，是柜子里的一双布鞋。老妈发短信告诉我，鞋要是挤脚就多洗几水，穿几天就好了。布鞋是纳底的，多少年没人这么做鞋了，我某次无意间和她说起，老妈就留心，熬几十个晚上做了两双。

她给我做的布鞋，小时候我不爱穿，觉得土，现在却最爱它，又清爽又凉快。可这双纳底子的布鞋，我穿了几次，就放在柜子里了，一直不舍得让它沾土。

寂寞众乡亲

不管在什么时候，或什么地方，我都没办法彻底忘掉我的村。

许多次，我试图用文字去把它渗透在我心里的一切感情都表达出来，“像江水一般倾泻，像风一样吹过去”。因为这个，和其他几个与其类似的缘由，表达本身产生了过多的渴望，使我在人前成了一个聒噪的人，一个多嘴多舌的人。当因此备受指责时，我总要轻轻叹息一下。

我应该想起那些善良的、贫穷的、充满乡土智慧的、狡猾的乡亲，一群真正寂寞的人。

“我们用多一点点的辛苦，来交换多一点点的幸福。”一个城市里的歌手如此唱爱情，却更适合我的寂寞众乡亲。他们在贫瘠的土地上劳作，沙尘暴、倾盆大雨、大雪、大水、大风、锅碗瓢盆、鸡毛蒜皮、柴米油盐、吃喝拉撒睡，千篇一律的动作，只不过换了个年头，千篇一律的事情，只不过换了个人物。

挑着扁担的肩膀、扎着草绳的腰、光着的脚、咧着的嘴、满是泥土和皱纹的脸，哦，还有那颗几乎能承受一切不幸的心灵，为了他们自己或和他们一样的人们，最应该自私的人们。

每天都在被欺骗，被这个世界，甚至他们当中的人，又竟然每夜都能安然睡去。

“你们寂寞吗?”

我总想这么问我的乡亲，是的，“你们寂寞吗”?

这样的生活，一生又一生，然后又是这样一生。朋友都是道路上一起吸烟的人，烟尽便散去；亲人都是家里的嘴巴，要吃，要喝，要活着。你们，寂寞吗?老婆、儿子、兄弟姐妹，谁都在乎你，谁又都不知该如何在乎你。

一次又一次看见你们站在田头，靠着一头耕牛，吸旱烟——用孩子写满了两面的作业纸卷的，红头或绿头的火柴，每次至多不敢超过三根。“他们还能点燃烟头和炉子。”你们心里说。犁已经被田里的石头碰坏了,还能用。鞭子是十年前的。“那时……”你真该多回忆一些，仅仅两个字，我怎么去想象?

腿的毛病、腰的毛病、头的毛病，你很少说自己哪里疼，可我知道你浑身上下都酸痛，一夜夜地折磨你，不让你睡好。“喝点酒，或者吃两片最便宜的止痛片。”老婆孩子说，他们最多把那块最大的肉塞到你碗里，你再塞到更老的父亲的碗里。

大家都沉默，你知道自己不该，咽下一口黑黑的馒头，开口说：“今年秋天……”许下若干可怜的愿望，老婆的纱巾、孩子的笔、父亲的拐杖。声音有点沙哑，今年秋天又能比去年有什么不同呢？

一群，也许是所有的人坐在路口，谈论海绵一样的笑话，谈论谁谁最该死，也谈论我，言语中越来越淡，比我上次回家时更淡。你们知道我终要忘记乡亲，倒不如你们先忘记更好。真的更好，也少了我许多负罪。

房子，没有房子谁嫁给你儿子？

热闹过了，家也折腾完了，儿子总算成了家。打吧，吵吧，老子儿子，婆婆媳妇。不这样，岂不更寂寞？

分家？分，什么都分了去，连这命，想不要也不行。

村里的光棍儿更多了，从十八岁到八十岁。

你们寂寞吗？我的乡亲，一辈子单身的乡亲。被嘲弄，一个人的夜晚，趴在新婚家的窗根不走，偶尔也哭泣。喝多了酒，调戏妇女，被骂，被打，被怜悯，只是不被理解和拯救。再喝点吧，一口干了！

“干吗还活着？”这么问了自己，你也回答不出，只好一切继续。寂寞的人，死，仿佛和幸福一样遥远；活着，又同过去的日子一样漫长。

你们都知道我是谁，在做什么，乡亲。乡亲，你救救我吧，别再谈论我了，我走出来，你们就给我安宁吧。你们的寂寞，我承担不了，能少则少。我还会回去，带两瓶好酒，喝了便醉的；带两条好烟，抽了便哭的。烟雾里，你眯着眼睛看。别这样，我害怕你们的眼神，杀人一样。

我匆匆离开，待得太久我就要沾染寂寞。我自己的苦、自己的累，也不比咱们祖祖辈辈的轻。除了不同，我们的罪恶一样深重。

我也寂寞，我是没有家的人，乡亲。一辈子漂泊，一辈子的异乡客，死也是在外面。

我在找人，找一个可能拯救我的人。

乡亲，只能这样了，我只能顾我自己。

别骂我，换作是你，你也一样。

你们寂寞吗，我的众乡亲？我都深知，什么都知道。

什么？别再说了？

好，不说了。回去吧，你的晚饭、你的酒、你的烟、你的债务都在等你。回吧，一直往前走。

从今往后，我的眼睛将不能再为你流泪。

寂寞——我的众乡亲！

打井记

十年前，我家打过一口井，是那种洋井，一下一下往外压水，水管钻入地下三十米深，正在水脉上，所以水特别旺。有一年天旱，春天村子后半片人家的井都干了，我家的水愣没见少，于是一整个春天，院子里随时都有来挑水的人，洋井咔嗒咔嗒的声音此起彼伏。

内蒙古高原天干气旱，雨水较少，一口洋井吃水是足够，可夏天浇园子冬天饮牛羊就不太方便了。父母一直想着再打一眼，叫作围模井的那种，能把水泵放下去，合上闸，水自然就流出来了，只是要多用几度电。因为家里困难，没舍得打——要花不少钱的。

今年暑假，父亲终于决定打一眼围模井了，刚好春忙和夏忙之间有空闲，三个人在家，活好干。打围模井得有经验有技术，我们没有，就去请人。父母商量再三，准备请二姐夫来，他打过十几口，经验、技术都还有；再者，他抓小猪，也没给钱，也就顶了工钱了。打井的家伙也要借，铁皮模、和水泥的马槽、撮子、镐头、小铁锨，一样都不能少。

二姐夫比我大几岁，小时候一起玩一起闹的。原本我们就有亲戚，我喊他二哥的，谁也没想到后来和我堂姐结了婚，就改口叫二姐夫。我不习惯，就什么也不称呼，见面打哈哈。他不太想干，去年在井下被掉下去的东西砸昏了一回，害怕。耐不住面子，也看在工钱的分上，答应来打井。

有一天，父亲说打井吧，我去找人借家伙，你们去拉水泥，拉沙子。沙子是用来和水泥打模子的。一般情况下，拉两车沙子，够打两个模的就好，等井挖过两个模深（一个模大约一米左右），地下就有合用的沙子出来了，随挖随用。我和母亲拿上铁锨、镐头，套上毛驴车，赶着出了村子。

能挖沙子的地方有三个。一是村后的雨水渠，夏天雨水自山上流下，过水渠，泥土随水而去，沙子留下了，这类沙子的好处是颗粒大小均匀，可惜太碎，不适合和大号泥。（建筑行里的规矩，和水泥时放的沙子越多号就越大，反之就越小。）二是西边远处河滩，河滩常年有水，沙子积得厚，有大有小，正适合和水泥，缺点是离家太远，我家毛驴身已老，载不动这许多沙。三是村子西南边的荒地，那里也算是村里的沙场，一般的人家用沙子都从这里挖，沙是千百年前发洪水淤在这里的，质量不错，只是得挖地几尺深才可以，表层全是黄土。好在此处已经有很多沟沟坎坎，都是以前挖沙子打下的底子。

我和母亲商量再三，决定去第三处。

沙坑已经有一人多深，久无人用，又经过几场雨水，坑里布满了一层细细的泥土。我们将之铲掉，找出当年别人挖的土茬。驴车就停在土坎子上面，木板车上用纤维袋子垫了。我用镐头狠力地刨，沙子、石头慢慢松动，散了，再用铁锨装在簸箕里，母亲端着倒在车上。天气热，又是体力活，很快全身都汗津津的，母亲就说：“这没你念书好吧？”我说差不多，都得使劲，不使劲就不下来。当车厢满了，便收拾好工具，赶着回去。

今夏雨水多，村中路上尽是残留的泥和水，深的地方有几尺。我们不得不绕着走，实在绕不过，只能赶车进水里了。我笑着和母亲说：“争渡，争渡，溅起水花无数。”

我们至家时，父亲和二姐夫已经挖入地下一米多了，今天要挖两个缸的深度，两米，直径一米的圆形洞。黄土不停地从井洞中飞上地面，井洞越来越深。

等深度够了，将铁皮模子放下去，模子边离井洞壁一寸左右，用棍子支撑好，固定了形状。他们做这个工作之时，我和母亲在和水泥，这个最要力气，我常是脱掉上衣来干这件活，汗流浃背。之后，把和好的水泥从模子边上塞进模子和井洞壁之间的缝隙里，满了时，用木头锤子狠敲铁皮，水泥就会自己下渗，填补得严严实实的。这就算是一个缸。

半天后，将铁皮模子取下来，圆形的水泥筒子已经牢牢地粘在井壁上，光滑而又整齐。一个一个如此深入，直到见水。

超出我们预想的是，井挖得越来越深，却始终没见能和泥的沙子。辘轳已经架上了，上面拴着几条红布。本来我是摇辘铲，把沙子从井坑里拉上来的，父亲和二姐夫对我不够信任，怕我一松手伤了人，便让我负责倾倒沙子和土。从邻居家借的一辆矿山用小推车是我的劳动工具，很好用。父亲戴着线手套，摇着辘轳，我光着手拎桶推车，母亲还得赶着毛驴拉沙子，二姐夫在地下不断深入。吃饭时，我能看见每个人的手上都长满了茧子，我的大拇指也起了偌大一个水泡，用剪刀划开，一块肉皮就掉了下来。

盛泥沙的桶都是铁皮箍制的，但耐不住长时间、高强度地用，很多地方已经裂开了。我建议用铁丝拧住，父亲和二姐夫都不以为然，他们说不会有事的。我也觉得是自己杞人忧天，对危险敏感过度。

忽然有一次，我将铁皮桶自井口边拎到一旁，刚放下，桶底就整个掉了下来，滚到很远处。我脊背上一片冰凉，心里害怕得厉害：这桶里装的可是三块大石头啊，二姐夫还在井下，幸好上到地面才掉底，要是在半空……不敢想象。父亲和二姐夫也吓得够呛，人命关天的事情，谁也不敢马虎，找来铁丝把桶上有可能出问题的地方都固定了，才又开工。

上来的沙和土越来越湿，握在手里冰凉冰凉的。我把盛开水的小壶放在泥沙堆上快速冷却，效果相当地好，是我自制的“冰箱”，也偶尔埋些果子在里面降温。

渐渐地，握在手里的泥沙已经能攥出水来了，我们知道井水已经不远了。

二姐夫在下面不断地喊：“有水了，马上就有水了。”

“快看！”他大声地喊道。

我们一家三口都蹲在井边，探头向纵深处望去，一汪小小的水在黑暗中发着熠熠的光，晃动着，一脸无辜的模样。渐渐地，那汪水已经衍成一片，并很快盖住了整个井底。母亲撕了一条新的红布条，拴在辘轳上，表明见水了，这架辘轳又打出了一口井。

然而问题来了。

按地质构造规律，水层通常都有流沙，就是那种细细的沙砾，随着水的渗透和流动，它们也跟着滑动，顷刻就能使井壁塌下一大片，一直横向延伸，不知终于何处。如果不采取有效措施，及时制止，流沙很可能完全把井掩埋，让我们前功尽弃。这一天，流沙不可避免了。

第二日，三叔和四叔都来帮忙。二姐夫的计划是，用最快的速度把第十二个缸掏好，再用最快的速度装上水泥，然后固定个十天半个月，流沙就能被水泥井壁挡住。大家没想到的是，流沙的速度很难控制，水渗入得更快，来不及了。

只能用最后一招了，就是把铁皮模整个放下去，撑开，抵住流动的井壁，等着水位下降时再重新塑模。不管怎样，当把水泵投进去，合上电闸，浑黄的水流还是从几十米深的地下涌上地面，抽了两个小时之后，水开始渐渐清澈，终于干净了。

那天晚上大家喝了许多酒，说了许多话。我在睡觉前走到井边去，向井里看了看，井水晃晃，竟然有一个月亮在里面，抬头望天，天上也有。我一时间呆住，不知是眼花还是幻觉，一眼井和夜晚的天竟然分不出谁大谁远来。

回到房里，我在笔记本上记下一段奇怪的文字就睡了，没做梦也没醒来。

我只是偶尔会想：如果就这么一直挖下去，会怎样呢？

卖猪记

“没吃过猪肉，还没见过猪走？”这是句骂人的话，我就被如此骂过几次。当时心中很是不服气，我吃过猪肉，更见过猪走。现在如果有人这么和我说话，我便更不服气，我连喂猪、卖猪都做过了，不容这一套。

农历七月份，太阳很大，我家的小猪崽茁壮地成长，在圈里哼哼着。猪崽是一个月前出生的，两窝共十七只，大母猪下了十只，小母猪下了七只，均是开春时带的崽儿。用我们那儿的行话说，叫找跑栏，就是给母猪找交配对象，至于“跑栏”二字究竟该如何写，他们不知，我也不懂。但我推测，或许是“跑郎”的变音。把种猪称作“郎”也有传统，猪八戒在高老庄时便做了新郎。

我把这猜测讲给养猪的母亲听，母亲不解，只是说：“咱们的小猪该卖了，太能吃粮食，没啥喂的了。”

于是，我们就卖猪。

在我的村，或者你的村、他的村，有这么个不成文的规矩：谁家的母猪下崽儿，街坊邻居要抓猪的，都过来定下，你要几只，我要几只。十七只小猪，四叔家捉了一只，堂姐家捉了两只，东邻捉了一只，小舅捉了一只，二姐夫抓了两只，还剩下十只。村里人抓猪是给不上现钱的，得等到秋后，挨家挨户地讨，说：

“谁谁，你家的猪长得真不错，足有二指膘了吧？”

“还行，就是这几天不太爱吃食，可能是肚子里有虫了。”

“你看，那小猪钱……”

“啊，早就准备着呢，说这两天送过去的，一直没腾出工夫了，害你还跑一趟。”

然后走出里屋，两口子在外屋嘀叨半天，终于拿了钱。也有不给的，只是说还没下来钱，等下来钱一准给你送去。

也不硬催，说两句话，去了下一家。

小舅是给了钱的，他知道我读书，家里困难，他又不缺两只小猪的钱，顺顺当当地给了。二姐夫家的钱抵消了打井的工钱，也等于没了。其余的都赊着，等秋后。

前街有户姓孙的人家，看了好几次，总说要，又总不捉走，他是嫌太贵，只盼着我们卖不出去降价。母亲是不舍得降价卖的，她宁可自己多留几天。

“你老姑家还没抓呢，给她们送两个过去，顺便到横河子集市上去卖，说不定能卖出去。”母亲念叨。我也要去看看老姑的，已经两年不见了，便套上了毛驴车，用麻袋装了小猪。抓小猪时，母猪龇牙咧嘴地阻拦，可见母子情深。抓了七只，装在三个麻袋里，二二三分配。抬到车上，赶着毛驴就向几十里地外的横河子去了。

路上，我玩笑着说：“咱应该吆喝着，说不定有人买。”

“哪里有人买啊？”母亲说，“现在都忙着地里的活，营子里人不多。要吆喝你吆喝吧，看有没有人买。”

我张了喉咙，却发不出声，只得作罢。一路颠簸向前。

过池家营子村时，道路泥泞，我们走得慢，有人过来问车上拉的什么，什么个价钱。后来碰见了一个熟人，竟然正想着抓猪，就拉到她家门口去。解开口袋任她挑，小猪吱吱乱叫，她手法熟练，眼光独到，将两个最大的抓了去。

出去买卖就是好，母亲说，能拿到现钱，便宜点也愿意。

行至半程，驴车沿盘山路曲折向上，裤袋里一震，我知道这高处手机有了信号，不知是哪个发的短信，第一个冲上了半山腰。看了，却是内蒙古移动公司的。这时候，母亲将驴车停了，拿了镰刀到路边的草地上割草，中午要给毛驴吃的。我下了车，慢慢向前步行，手里迅速给几个朋友发短信，说我去卖猪了。手机里的信号时强时弱，突然没了，我抬头，看见了另一面的山脚，我站在山顶上了。

到老姑家已经是上午八点钟，我用两支手指在眼前一比，太阳已经有一寸高了，发着光，散着热。老姑家的小女孩叫娟子，已经不很认识我了，对母亲却亲热，舅妈舅妈地叫个不停。

“去集上卖猪还赶趟不?”母亲问。

“可能晚了些，”老姑夫说，“还是去看看，来都来了。”我们把麻袋嘴解开，看见小猪在里面呼呼地喘着粗气，麻袋又闷又热，小家伙们有些受不住了。母亲和老姑就抓住小猪腿，把它们拎出来，放在有荫凉的地方晾着，小猪安静而享受，样子憨态十足。

老姑夫套了他的大马车，重新装了猪，却不再扎口袋嘴，母亲和老姑在车上拎着，给小猪透风见光。大马车行驶快，六里路一袋烟的工夫便到了。刚出村时，碰见了一个猪贩子，他们常从养猪的人家把小猪买来，喂几天饲料，再拉到集市上高价售出。我们问猪贩子，集市可是散了，今天小猪的行价如何。他停了车，说今天集市上有近八十头小猪，价钱低得很，又看了我们的猪，问多少钱卖。告诉他一百二左右。他猛地摇头摆手，六十块都没人要。

谁信他？自然赶着车走了。

集市果然散了，人已经不多，稀稀拉拉的摊子，摆着西瓜、大蒜、衣服、鞋帽。

“来晚了，”母亲说，“赶赶晚集吧，不卖猪了。”就买了点茄子辣椒，车向回转，日在中天，却有风自西北而来，温暖而凉爽。

路上，遇见老姑他们村赶集的熟人，大包小包，想坐个便宜车。说起话了，竟然是去集市上买猪没买到的，两家都欢喜又惊奇。那人却还有疑虑，怕我们的猪是卖不掉的，不好，说回家商量商量。老姑向她打保票说：“当营子使户的，没人敢糊弄你。”她还是得回家商量商量。

我们刚刚吃过午饭，那人便来了，抓走了三个，给了两个的钱。剩下的两个，留给老姑家。

七只小猪，都有了着落。

我们赶着驴车回到家中，太阳已经低下了高贵的头，村西远处的山上一抹火烧云，灿烂无双。“朝霞不出门，晚霞行千里。”明天是个好天。

不幸的是，家里留下的两只小猪，有一只死了。它是小一点的母猪的猪崽，跑到大母猪肚皮下找奶吃，被它咬死了，可见猪心也是凶狠的。母亲难过了好久，每一只小猪都是她一点点喂大的，正是卖钱的时候却死了，不能不伤心。

十七只可爱的小猪，家里只余最小的一个了，病病歪歪，一副活不长的样子。然而，到我离家赴京之时，它竟然已经出落得一表“猪”才了，胖墩墩的屁股让人忍不住想去踹它一脚，没等我走近，小猪早哼哼着跑开了。

采药记

在老家，采药已成风俗许多年矣。每到夏季农忙一完，大约是拔了田地间的杂草，只等着一场场的雨水落下，灌溉庄稼和土地的时节，人们自劳累中休息三五日，就有几个得风气之先的拿了袋子、扛着镐头，奔北山西梁去了。村里的几个店铺，立刻挂起收药材的牌子来，开始不过是最常见的黄芩、防风几种，年年都收，是不愁销路的。随时日推移，种类渐渐丰富起来，密密麻麻排在纸板上，人们便从那字里行间的深处看出三个大字来：“采药去!”

我最初开始采药，完全是为其独特的行走状态而激动：背着干粮和家伙，登上一个个山头，下了一个个山沟，去寻那要么青草萋萋，要么林深树密的地方，找药出来；抛却这处，又甩开步子向未知地去了，真逍遥也！时令尚早，各种药材还未最后成熟，草药之艳丽的各色花朵也就仍未开启，只得凭经验和枝叶形状来判断。常见的若干种是早已经熟悉的，一旦获了，便欢呼雀跃，抡起镐头来，时时有所收获，真痛快啊!

待乌金西垂，晚霞遍地之际，人也乏了，干粮果子也吃光了，摸着口袋里的一些草药，一二种或三五斤不等，既失落又高兴。伙伴六七人，相互比较了你多我少，谁人有一棵又大又粗的药王，呼喝嬉笑着向村中行来。到了，已然是饭时，各家的大人早就于门口望了好几回。我们也不回家，直接奔店铺去，换得银钱若干，买一把水果糖或花生米之类，各人分得几颗，裹在嘴里，约了明日再去，清晨几时几分于村口某处集合……

年年如是，忽有一天，我们便身强体壮了，能抡得动大镐头，扛得动大麻袋，走得了远路程，就跟着大人们一同去。早年间，还是以步行为主的，三更早饭，五更出发，那时晨曦尚无，白雾淡薄，北山上一片烟雾缭绕状，我等便大呼：“奔仙山仙境去者!”脚下野草野花无数，皆带着浓露，一脚脚踏过去，裤腿到膝盖处便水淋淋、凉冰冰了，脚在胶皮鞋中也打滑，步子却是丝毫不慢，勇往直前的。许许多多的蚱蜢、蚂蚱、蜻蜓被我等惊醒，四散飞着，时而鸣叫。

两袋烟的工夫，就到了山脚下，从东往西，抑或自西向东数着山有几道梁、几道凹，其中一个山沟里有甜水泉一眼，冬天干涸，夏天则水脉繁盛，源源不断地流出，却在半里地之外消失，再无任何踪迹。水质清凉甘甜，但常常有许多昆虫死在里面或仍在挣扎，我们便到源头去，拓展泉眼，等一会儿，水就干净透明了。登山之初，抬头望见那些乳白清淡的云烟仍在，我们步入山中之时，却什么也看不见了，莫非是“不识‘云山’真面目，只缘身在此山中”?这时节，太阳已经自东海而起了，不消很久就变得毒辣，直直地照着人。我们都敞了胸怀，眼看八方，寻找着药草。

大规模采药开始，店铺都打出了今年收某某种药材、干货多少银钱一斤、湿货多少银钱一斤的广告。那时从未计算过，今日细细算来，大约有：黄芩、防风、远志、知母、柴胡、甜草根、包花根、芍药、苍术、白鲜皮、穿地龙、玉株、紫花丁等数十种。最短缺的也出来了，价钱就高涨，因每年流行的皆不同。比如有一年，以前不起眼的穿地龙忽然火了，价钱很好，且原来很少收，草药的根脉旺盛，大家就都采穿地龙。那一年，我家四口人全部上山，是在西面的青羊山上。我与父亲找到一面山坡，上面的药材密挨密，几乎遍布林子中地下一层。用镐头刨开一方泥土，顺着穿地龙根茎扒开他年之落叶，几根粗大的药材就显于眼前了。那一天丰收得厉害，我们几个采满了五个麻袋，每个足有八十斤重，害的小毛驴几乎载不动这许多药，只能走着回来。

第二天，大家都知晓了此处，争相传告，浩浩荡荡去了四五十人，几乎将那山翻了个个儿。是日，天气阴沉，有微雨，空气湿润凉爽。

我兄弟四人（加上三叔家两个弟弟）爱满山跑，每次采药总放下活计，先奔上山头去吹吹大风，放眼四望田野村庄，若干年后，我们知道那种感觉叫作“一览众山小”。人在山野中穿梭，自然会碰到些许野生动物，兔子、松鼠是最常见的，然而它们身体灵活，难以追捕。有一次，我与三叔等人看见一头野猪，毛棕黄色，身体消瘦，有两颗长而尖锐的獠牙，相貌颇为凶猛，却怕人，我一声大喝，它便飞速钻入深草密林中去了，可谓是“云深不知处”也！

蛇也易于碰到，总是在步行于草丛之际，忽然觉得脚下游动，立住身子，低头望见一条蛇蜿蜒而去了，花斑的最为常见，绿色的草蛇也常“打招呼”，偶尔也有独特的，如鸡冠子蛇，即蛇头上有一类似鸡冠子的肉块，此蛇相当毒。有话说“蛇过道，天欲雨”，即是说遇见蛇爬过车道，就是天要降雨了。还说，不该是人惧蛇，应该是蛇惧人，因蛇每见一人便要脱去一层皮囊。人却不像蛇，总是珍爱这副臭皮囊。

夏日一结束，人们开始新一轮之农忙，我等也重返学校。身体面容黝黑，皆阳光之赐也；胳膊上划痕累累，皆灌木之赏也，经一夏运动，神清气爽，吃嘛嘛香。

这就是我的采药记，所写不及经历十分之一，种种情趣，非亲身而至，难以体味。诸位看官，可有采药之兴趣者？随我去吧，随我归入云山里，何如？

跋　当我谈论故乡的时候，我是在说老家

2013年，冬天，春节。

中国，内蒙古自治区，赤峰市北部，群山之间的一个村庄。

气温达到了零下二十四摄氏度，滴水成冰。

父亲在喂羊，母亲和妻子在刷碗，来自西伯利亚的冷风不停地吹着家里的泥坯房和简易门窗。

我坐在屋子中央，想我正身处的故乡。

于故乡所在的地方思考故乡，有一种非常奇怪的荒谬感，这里面含着身临其境的真实和想象的虚幻。我清楚地知道，故乡是个悖论，对生活在其中的人们而言，它并不存在，一旦它在某人的心里变成了存在，也就是这个人失去它的时候。我们当然还能以春节等各种理由回到那儿，和那里的人见面，走在似乎永恒不变的土地上，并且回到城市去谈论它，展示它的恶或美。然而对于不断提“故乡”这个话题的城里人来说，故乡

从来不是一个标示在地图上的某个位置，它是人们对拥有不了的东西的一次挣扎，对失去的事物的不断惋惜。

我在某种程度上，也是这样的一个人吧！

每次回乡，都从父母亲朋那里听到许多人和事，只是这些人和事都飞速地向记忆中的与故乡相反的方向远离，而不是向回来之前所以为和设想的故乡靠拢。或者说，对离开故乡去远方的人来说，连那个记忆中的故乡也是留存不住的。不是我们抛弃了故乡，而是故乡抛弃了我们。真相是如此残忍：我们再也不能真正拥有它，甚至连故乡自己也不能。

但是，只要回到这块土地，我还是忍不住去打听他们的事，我想知晓人们在经历了时间和现实的冲击之后，是否还在那条生活轨道上艰难前行。他们仍然于各自的命运里狂奔，走向或悲或喜的结局，只是，无论我以什么样的方式去讲述，都会把他们实实在在的生活变成一个个故事。

真正的悲哀是，故事讲述得再完整，也无法给予他们一丝一毫真正的安慰。所有的故乡写作者，在某种程度上，都是这种虚伪的骗子。可是如果我们听闻了他们的人生，又怎能忍住不去写下来呢？

东边邻居家比我年长的一个哥哥，据说染上了赌博，欠了好多钱，被人追债，自己跑了，他媳妇也不敢留在家里，只能带着两个孩子去赤峰打工。年前，他们回来，想在老家过年，可久未住人的家里暖气片已经冻裂，遍屋坚冰，出不起修理和买煤的钱，只好又带着孩子去了赤峰，留一座破烂的空院在风雪里。

我的一个堂哥，常年在附近的矿上干体力活，积劳成疾导致胸积水，在旗医院里做手术，用大针头抽出好多混着血的积液，休息了几个月，身体也未能复原，将来还能否再继续他的工作更是难说，可他的两个女儿，一个十六岁，一个才三岁。

四叔的女儿珍珍高中辍学，在镇上的饭店里打工，染了一身的坏毛病，用劣质的药水染指甲，手指头差点烂掉，和小混混一起去打群架。后来经人介绍订婚，但很快退婚，不久又订婚，又退婚，然后跑到不知哪里去了。父亲告诉我，四叔和珍珍因为花完了订婚的彩礼钱，退婚后对方索要，还不起，被告到法院，差点蹲了班房。2010 年夏天回乡，我在镇上见到过浓妆艳抹的堂妹珍珍，她带着无所谓的冲动莽撞，告诉我自己在一个火锅店里当服务员，然后急匆匆地坐着摩托三轮走了。之后再也没见到她，我气愤她的胡闹和固执，可我也多少理解她的苦闷：她迷惘在自己人生的十字路口，没有人给她指一个出路，更没有人许诺她一个将来。这样的恶性循环让她越陷越深，听不进任何人的意见，没有了顾忌，只是由着自己的性子来。

四叔似乎不怎么想这些，又或许他时时刻刻在想这些，我不得而知，也无能为力，只是觉得悲哀。我的脑海里，一直印刻着他满身矿粉的瘦弱身躯，站在家里破败的院墙前，衣衫单薄，艰涩地笑着，眼神里只剩下微微的一点光亮。

这是一个黄昏，我蓦然间明白，这世界上有一些逻辑，是我不能也无法打破的，就算你知道它是那么没有道理。

没错，身体的每个记忆都能向我们证明，老家人的生活，确确实实比十年前、二十年前要好很多了，吃得起肉，喝得起酒，甚至喝得上牛奶了。可这真的是好生活的唯一标准吗？没有同时建立精神价值的物质富裕（何况连富裕也算不上，只是刚刚温饱而已），让人们追随了欲望，俭朴变成奢侈，勤劳变成懒惰，热心变成自私。种地用机器，除草用农药，不愿种任何没有市场前景的作物。曾经村里每家每户都种的谷子、麦子、大豆，已经很少有人种植了，因为它们都不如玉米省力、卖钱。附近的几个地方开出了矿产，村里不少人都去那里打工，每年家里的日常开销基本解决，不再为孩子的几百块钱学费愁得不行。可他们没有劳动合同，没有任何防护措施，只要长年干下去，几乎必然要被这份工作戕害身体。但凡有一点能力和门路的年轻人，都逃离了乡村，最差的也到镇上去开一个修理铺，或者卖肉卖水果了。留下来的老人们，像秋天大风夜里的庄稼，一个挨着一个地倒在许多以前没听说过的病痛上。

在老家，如今的生活，不用挨饿，也几乎不欠债了，可是大多数农民仍然看不到实实在在的光亮。他们的光亮是什么？是儿女。除了很少一部分通过读书改变了人生轨迹之外，乡村的很大一部分年轻人，都陷入另一种他们不理解、却又清楚地承受着的挣扎中，那不是未来，只是一种随波逐流的惯性，一种对自己全部人生的消极放纵。我的几个堂兄弟姐妹和表兄弟姐妹，以及我的邻居和其他村人们，一再用他们的经历告知我这一点，印证这一点。在这个不可逆的过程里，人人都被裹挟进来，看似是自己扼住了命运的喉咙，可在稍远一点的岸上，所见的只能是一片混沌和迷惘。

好像是从一个黄昏，往最深的深夜里走。

有一个晚上，我和老妈蹲在灶炕旁吃花生。我们说起十年前，家里穷困，过年也不舍得买花生，看见别人家的一点花生馋得不得了，现在买一大包放在那里，却又不怎么爱吃了。我问老妈，这变化是好了还是坏了。老妈说坏了。我问她为什么，老妈说："生活丰富了，人心复杂了。"这是她的原话，可这不该是老家人的原罪。

当我们谈论故乡的时候，那么虚伪又如此真诚，所有的痛苦是实在的，所有的幻想都来自身体内部，这些矛盾的情感和态度，同时存在着，纠缠着。但是，不要再把它表述成一种所谓的乡愁吧，甚至也不要把那块生身之地深情地唤作故乡。写完这本书，我才知道，当我谈论故乡的时候，我说的只是老家。

2015 年 6 月 6 日